捨てられ令嬢、皇女に成り上がる

追放された薔薇は隣国で深く愛される

ローゼリア
ベイツ帝国出身の母を持つ令嬢。
可憐な外見ながら
実は剣の達人で
武具なども大好き。
ルイス
ベイツ帝国の騎士で
ローゼリアの従兄。
彼女を一途に
想っている。

ルチアーナ
ベイツ帝国の皇太子妃。
とても賢く強い女性で
政務にも熱心。
スチュアート
ベイツ帝国の皇太子。
ローゼリアの初恋の人。
穏やかで優秀。
アルル
オルグレン王国の第二王子で
ローゼリアの元婚約者だが、
彼女を嫌っていた。
リチャード
オルグレン王国の第一王子。
弟と違い出来が良く
ローゼリアの力を
知っていた。
カルロ
ストラーニ王国の国王。
賢王と評判で
かつてローゼリアに
求愛していた。

プロローグ

『ローゼリア・ランブロワ！　お前との婚約を破棄する！』

まだ耳に残る不快な響きが胸の奥へと沈みながら、ゆっくりと広がっていった。

どうでもいいと思っていた相手からの言葉とはいえ、まったく傷つかなかったわけではないのだろう。粗末なカーテンに覆《おお》われて外は見えないけれど、窓へと視線を固定したまま、ローゼリアは心の奥深くに溜まるよどんだものを感じて小さくため息をついた。粗末といえばこの馬車もそう。ガタガタと揺れる乗り心地も硬いイスも、初めての体験だ。

山道に入ったのか、さらに馬車が揺れ、その不快感に引きずられるように昨夜の不快な出来事を思い出してしまう。

王宮で開かれた夜会だった。

本来ならば婚約者であるこの国の第二王子アルルにエスコートされるはずだったのだが、ローゼリアは一人で会場へ入った。王子の婚約者でありながら一人で王宮の夜会に参加するなど、本来ならばありえないことで、普通の令嬢なら耐えられないほど惨《みじ》めで屈辱的だろう。

けれどローゼリアは背筋を伸ばし、堂々と歩いていた。

「薔薇の君」と讃《たた》えられるのにふさわしい、深みのある赤い髪が揺れるたびにシャンデリアの光を受けて輝く。前を見すえるグレーの瞳には気品と強さが宿っていた。王子の婚約者として、そして宰相家でもあるランブロワ侯爵家の令嬢としての威厳を保ち、誰も近寄らせないほどの気高い雰囲気をまといながら優雅に歩みを進めるローゼリアの前に、二つの人影が立ち塞がった。

一人は婚約者のアルル・オルグレン。腕を組み、傲慢《ごうまん》な表情でローゼリアを見下ろす視線には嫌悪感と、この状況でも堂々としていられる彼女への不快感がにじんでいた。そしてアルルにぴったりと寄り添い、不安げな表情でこちらを見つめる少女。緩く巻かれた明るいブロンドヘアに真っ青な瞳。愛らしい顔のこの少女は……

(誰だったかしら)

ローゼリアは内心首をひねった。そういえば最近、アルルがある令嬢に夢中だと耳にした記憶があるけれど、それが彼女だろうか。決して手折られない薔薇のような美しさを持つローゼリアに比べ、この少女は触れたら簡単に折れてしまいそうな、男の庇護欲をそそる可憐さを持っている。

やはり男はこういう女性が好きなのだろうかと思いながらも、あまり興味がなさそうに、ちらとだけ見たローゼリアにいら立ったように、アルルは眉間にシワを寄せた。

「ローゼリア・ランブロワ！　お前との婚約を破棄する！」

その声は広間によく響いた。

大きく馬車が揺れた。石か木の根に乗り上げたのか、ローゼリアはイスから落ちそうになるのを腕に力を込めて耐えた。

あれから夜会は大騒ぎだった。大勢の前で突然王子が婚約破棄を宣言したのだから無理もない。

アルルはいかにローゼリアが自分にふさわしくないか、そして隣の少女を愛しているか、延々と語り続けた。ネチネチと紡《つむ》がれる言葉が耳障りで無表情に聞き流していたが、それが余計に癪《しゃく》に障ったらしい。アルルはローゼリアがこの少女をいじめていたと言い出したので、ローゼリアもさすがに眉をひそめた。たった今まで存在を知らなかった相手をいじめられるはずはないのに。

嫉妬？　誰に？　王子の愛情が欲しかった？

(冗談じゃない。そんなもの、頼まれてもいらないわ)

その日、国王夫妻は視察のため不在だった。アルルの兄、王太子リチャードは外交のため国を空《あ》けている。今この城で一番地位が高いのはアルルであり、彼はその機会を狙ったのだろう。

「承知いたしました。ではごきげんよう。どうぞお幸せに」

気の済むまでアルルにしゃべらせたあと、そう言ってローゼリアはドレスの裾をつまむと淑女の礼を取った。その所作は散々罵倒《ばとう》され続けた直後とは思えないほど優雅で美しく、見守っていた周囲の者たちには、彼女がアルルからの暴言にまったく堪えていないように見えた。

「は？　おい……」

動揺することもなく、微笑を浮かべて身を翻《ひるがえ》したローゼリアの背中にアルルは焦った声をかけた。

おそらく彼は、泣き崩れたり反論して喚《わめ》いたりする彼女を想像していたのだろう。

(そんなこと、この私がするはずないのに)

「待て！　話はまだ終わっていない！」

愚かな王子が暴走したことで、後始末をさせられる国王と王太子に同情しながら立ち去ろうとしたローゼリアに、アルルは大股で歩み寄った。

肩をつかもうとアルルがその手を伸ばした、次の瞬間。

目の前にいたローゼリアの姿が消えた。

とん、と背中に何かが軽く当たった感触を覚えたと同時に、アルルの身体が大きくぐらつき前のめりに倒れ込む。

成り行きを見守っていた観衆からざわめきが起きた。彼らの目には、ローゼリアに避《よ》けられたアルルが自ら転んだように見えただろう。それがローゼリアの仕業《しわざ》だとは、誰も気づかずに。

（……は？）

自分の身に何が起きたのか分からず動けないアルルは頭の上で何者かがくすりと笑った気配を感じ、顔を上げるとローゼリアが見下ろしていた。

（こいつ……こんな顔だったか？）

ローゼリアは容姿こそ華やかで美しいけれど、生真面目で愛想がなく、気位ばかり高くてつまらない女という印象だった。そのローゼリアが、冷淡な目で自分を見下ろすその瞳に宿った、これまで見たことのないほど冷たい銀色の光にアルルは背筋がぞくりと震えた。

顔には穏やかな微笑を浮かべているが、その瞳の奥に宿る光は、まるで磨き上げられた刃のように輝いている。視線だけで恐怖を感じたのは初めてだった。

「ごきげんよう、殿下」

もう一度そう告げて、起き上がることのできないアルルにくるりと背を向けて歩き出したローゼリアの行く手を一人の男が遮《さえぎ》った。

「姉上。貴女はランブロワ家の恥だ。出ていってもらおう」

赤毛の間からのぞく瞳に軽蔑の色を浮かべて立っていたのは腹違いの弟、ギルバートだった。


ローゼリアの母親は、隣国ベイツ帝国から嫁《とつ》いできた。

この大陸には文化や気候の異なる複数の国がある。大陸西部の海に面するこのオルグレン王国は穏やかな気候で農産業が盛んだけれど軍事力は高くなく、周囲には大国であるベイツ帝国やストラーニ王国、軍事力の高い東方のアルディーニ王国など脅威となる可能性のある国が多い。

特にベイツ帝国は険しい山脈を挟んで国境が接しており、脅威を取り除くために友好条約を結んでいる。ローゼリアの両親が結婚したのもその縁で、つまり政略結婚だったが、ローゼリアが五歳になるまでは家族三人で平穏な日々を送っていた。

その年の冬、流行病で母親が亡くなると、父親のランブロワ侯爵はすぐに後妻と、二人の間の息子だというローゼリアより一つ下のギルバートを家に迎えた。金や地位のある者が外に女や子供を持つことはそう珍しいことではない。だが母親を亡くしたばかりの少女の境遇に周囲は深く同情を寄せた。

それが義母には気に食わなかったのだろう。ローゼリアは追い出されるように、七歳のときにベイツ帝国にある母親の実家に預けられ、以来家族と会うことは一度もなかった。けれど十四歳になると同い年の第二王子、アルルの婚約者となるために父親によって呼び戻されたのだ。

七年ぶりに戻ってきた侯爵家はローゼリアの知る家ではなかった。家具や内装が全て義母の好みに変えられていて、そこに以前の名残《なごり》はまったくなかった。

義母はローゼリアにきつくあたった。

将来の王子妃であるローゼリアに対してその身体を傷つけるようなことはなかったが、そばで聞いていた者が耳を塞ぎたくなるような言葉の暴力を振るい続けた。そんな母親の様子に何も言わない父親を見て弟のギルバートも母親と一緒になってローゼリアをさげすんだ。

夜会の日、宰相である父親のランブロワ侯爵は国王の視察に同行していた。父親のいない隙にギルバートは母親とともに夜会から戻ると、ローゼリアを家から追い出したのだ。

ローゼリアは庶民が着るような質素でごわついた生地のワンピースを着せられ、粗末な馬車に押し込められた。馬車は夜の間に王都を抜けると、何度か馬を替えながら二晩かけてひたすら移動した。おそらくローゼリアは国外に捨てられるのだろう。

(そんなに……私は彼らに嫌われることをしたのかしら)

義母や弟による言葉の暴力にも、婚約者からの嫌味にも、厳しいお妃教育にも音《ね》を上げることなく、淡々とし続けていた自分の存在が不快だったのだろう。それは知っていたけれど、だからといって自分を捨てるほどだとは思わなかった。

何年も罵声を浴び続け、最後は家から追い出され国の外へ捨てられる。十八歳の少女に対するあまりにも酷い仕打ちだったが、正直、もっと過酷なことを経験してきたローゼリアにとってはたいしたことではなかった。これが普通の令嬢ならば耐えられないけれど。

(そう、たいしたことではないわ)

ローゼリアはつまらなそうにため息をついた。

(……そうね、この国を出たら帝国へ帰りたいわ)

母親の実家、ベイツ帝国のエインズワース公爵家は代々帝国の壁として軍事を担《にな》ってきた。いかつい顔で将軍として周囲からは恐れられているけれど、ローゼリアをとても可愛がってくれた伯父。いつも穏やかで優しい伯母。そして兄のように慕っていた、三歳年上のいとこ、ルイス。

ローゼリアを預かった彼らは彼女を本当の娘のように愛し、たくさんの愛情を与え、そして厳しく育ててくれた。ローゼリアはそこで初めて家族の愛に触れ、聡明な少女へと成長していった。

エインズワース家で、ローゼリアは「ローズ」と呼ばれていた。真紅の髪色が薔薇のようだと母親が最初「ローズ」と名付けたのだが、オルグレン王国の貴族らしくないと「ローゼリア」に改められたのだと聞いたことがある。それを知った帝国の人々が「ローズ」と呼んでくれたのだ。

ローゼリアも「ローズ」という名前のほうが好きだ。響きが好きだし、何より母親が残してくれた数少ない形見の一つだ。

(そうだ、形見……)

名残《なごり》のないランブロワ家だけれど、一つだけ持っていきたかったものがあったことを思い出していると馬車が止まった。

「おい、降りろ」

乱暴にドアが開かれた。外へ視線を送るとどうやらまだ山の中のようだ。

大人しく馬車から降りる拍子に見えた、貴族令嬢にしては丈の短いスカートからのぞいた白いふくらはぎに男の喉がゴクリと鳴った。

「ここはバークレー王国だ」

御者席《ぎょしゃ》から降りてきたもう一人の男が言った。

「隣国に捨ててこいとの命令だ。俺たちの仕事はこれで終わりだ」

そう、と口の中でつぶやいて、ローゼリアは二人をちらと見上げた。慣れない粗末な馬車移動と寝不足のせいで潤《うる》んだその瞳に、もう一度男たちが喉を鳴らす。

「ご苦労様でした」

そう言って歩き出そうとしたローゼリアの腕を男がつかんだ。

「大金をもらえた上にこんな美人とヤレるなんて最高だな」

「ヘヘッ。お嬢ちゃん、山の中にほっぽり出されたら、どうせ獣に喰われるか盗賊に襲われんだから。俺たちと仲よくやっ」

男の声は最後まで続かなかった。ぐらり、と揺れて力の抜けた身体が崩れ落ちる。

「は？　え？」

何が起きたのか分からず動揺するもう一人の男の背後へ素早く走ると、ローゼリアは身体を回転させながら足を蹴り上げた。足の甲が勢いよく男のこめかみへ直撃し、男の身体が吹き飛んだ。

「……まったく、汚らわしい」

倒れた二人の男が完全に気を失っているのを、それから周囲を見回して誰もいないのを確認すると、ローゼリアはぐっと拳を握りしめ、それを天に突き上げた。

「やっ……たー!!」

ここ数年出したことのなかった、大きな喜びの声だった。

「これで！　あのバカ王子！　退屈なお妃教育！　陰湿な家族ともみんなお別れ！　婚約破棄に追放バンザイ！　もう私はローゼリアじゃないわ！　ローズよ！」

クルクルとその場で回りながらひとしきり喜んで、ローゼリア――ローズは我に返った。

「いけない、こんなことしている暇はないわ。このことがあの人たちに伝わる前に急がないと」

ローズは倒れた男の懐《ふところ》を探り、ベルトに固く結び付けられた革袋の紐を、隠し持っていた短剣で切り離した。このダガーと呼ばれる銀色の短剣はベイツ帝国から出るときにもらって以来、肌身離さず持ち続けているもので、追放されたときも着替えさせられた服に忍ばせ持ち出した。隠し持てるように小振りのサイズで鍔《つば》も小さく、形もシンプルだが柄には細かで優美な装飾が施されていて気に入っている。護身用に持たされて、幸いなことに実際に人に対して使ったのは一度だけだ。

（移動中、使う必要がないといいけれど）

ダガーを見つめてローズは願った。腕には自信があるけれど、危険な目には遭わないほうがいい。

帝国の武力を司《つかさど》るエインズワース家の子は幼いときから剣や体術の訓練に励む。女子は基本的な護身術のみ学ぶが、ローズは素質があると伯父に認められ、いとこのルイスとともに本格的な訓練を受けた。訓練はとても厳しくて、何度も泣いたり逃げ出したりしたくなったけれど、その度《たび》にルイスに慰《なぐさ》め励まされて乗りこえられた。

(ルイス兄様……元気かしら)

彼は二十一歳という若さで、既に騎士団の副団長を任されていると聞いている。もうすっかり大人になったであろう彼の姿を想像しながら、ローズはダガーを懐《ふところ》へ忍ばせ革袋の中身を確認した。

「これが報酬ね。銀貨でよかったわ」

金貨は高額すぎて使いづらいけれど、銀貨ならば庶民の間でも流通しているから街中で使える。帝国へ着くまでの路銀とするのに十分な量もありそうだ。

「この馬車に乗っていくのは悪目立ちするわよね。……仕方ないわ、とりあえず近くの街まで歩いていくしかないわね」

気合を入れるように大きく深呼吸すると、貴族令嬢とは思えない速さと力強い足取りでローズは山道を下りていった。

第一章

「この……大馬鹿者が！」

ランブロワ侯爵は怒りに任せて息子を殴り飛ばした。

「貴方⁉　ギルになんてことを……」

「お前もだ！」

駆け寄った妻を平手で打つとその身体が床に倒れ落ちる。

「追放しただと？　ローゼリアを⁉」

興奮で荒く息を吐きながら侯爵が妻と息子を見下ろすと、妻はのろのろと身体を起こした。

「……だって、あの娘……殿下から婚約破棄されたのよ？　妃になれない娘なんて……なんの役にも立たないわ。ゴミだから捨てたのよ！」

「このっ」

もう一度平手を打つと妻は再び倒れ込んだ。

侯爵が視察を終えて王宮には寄らず直接屋敷に帰ってくると、やたら嬉しそうな妻と息子に出迎えられた。そうして一昨日の夜会での出来事と、娘を追い出したことを自慢げに語られたのだ。

(ローゼリアを隣国へ捨てただと？)

妻と息子がローゼリアを冷遇していたことは知っていたが、家のことを全て妻に任せていた侯爵はそれを黙認していた。ローゼリアが嫁《とつ》ぐまでの間のことだからと。それに娘が帝国の公爵家、そして皇家の血を引いていることは二人とも知っていたはずなのに、なぜ追放などしたのか。

このことが帝国に知られたり、ローゼリアの身に危険が及んだりしたら国際問題に発展する可能性が高い。

「王宮へ行く。侯爵はぞっと首筋が寒くなったが、すぐに冷徹な宰相の顔に戻った。この二人は逃げ出さないように閉じ込めておけ」

侯爵は身を翻《ひるがえ》すと呆然とする二人に背を向けて部屋から出ていった。

「愚か者が」

唸《うな》るような王の声が執務室に響いた。

「この婚約がどういうものか、説明したはずだ」

「で、ですが！　父上は私にあの生意気な女と一生添い遂げろと⁉」

「国益と平和のために身を捧げる。それがお前の役目だ」

王は突き放すような視線をアルルに向けた。

「私にはマリーという最愛の女性が……」

「そんなに好きなら側室にでもすればよかろう」

「マリーをあの女の下に置けと⁉」

「侯爵令嬢と男爵の娘、どちらが上かなど比べるまでもない。それにローゼリア嬢はベイツ皇帝家の血を引く人間だ。彼女の身に何かあってみろ、外交問題になる」

ローゼリアの血筋のことは教えたはずなのに、この愚かな息子はどうして忘れてしまったのか。

（目の前の恋に目がくらんだか）

下位貴族ならば若さゆえの過《あやま》ちと許されることもあるだろうが、王子という立場では……何よりも相手が悪すぎる。王は頭痛を覚えた。

「陛下！」

許しもなく執務室のドアが開かれると、飛び込んできた相手を見て王は慌てて立ち上がった。

「宰相か」

「……この度《たび》は……我が愚息が……誠に申し訳……」

息を切らしながら宰相は王の足元に跪《ひざまず》いた。プライドの高い宰相とは思えない行動にアルルは目を見開いた。

「……それはお互い様だ」

王は深くため息をついた。アルルとギルバートが共謀して今回の婚約破棄と追放を実行したのだ。宰相だけを責めるわけにはいかない。

「ローゼリア嬢の捜索命令を出した。夜会出席者たちへの口止めも指示したが……手遅れだろうな」

夜会が開催されたのは二日前だ。既にあの夜の出来事はその場にいなかった者たちへも伝わっているだろう。ベイツ帝国にまで伝わるのも時間の問題だ。

「ともかくローゼリア嬢の身柄を確保せねば」

もう一度ため息をつくと、王はアルルを見下ろした。

「もしもベイツ帝国と戦争になるようなことがあれば、お前を最前線に送る」

「せ、戦争!?」

「それだけのことをお前はしでかしたのだ。その身をもって償《つぐな》うがいい」

王は唖然《あぜん》とする息子に冷酷な声でそう告げた。

＊＊＊＊＊

「さて、と」

宿から出るとローズは軽く周囲を見回して歩き出した。

山の中に捨てられたあと、日が暮れる前に近くの街に着いたのは二日前だった。翌日、乗合馬車に乗ってバークレー王国ファナックの街までやって来た。このまま乗合馬車を乗り継いでベイツ帝国まで行く予定なのだが、順調に行っても帝都まで十日はかかってしまうだろう。

（もっと早く伯父様たちの元へ行きたいけれど……）

自分の身分を明かしてバークレー王国に保護してもらおうかとも考えたが、関係のない第三国を巻き込んでしまうのも申し訳ないし、もしかしたらランブロワ家に連れ戻されるかもしれない。それだけは避けたいと自力で向かうことにしたのだ。

ローズは昨日買ったトランクケースを持ち、よそ行き用の少し上質なワンピースに着替え、顔を隠すための大きなツバつきの帽子を被っていた。これなら旅行中だと思われるはずだ。

（まだ乗合馬車が出発するまでに時間があるから、途中で食べるものでも買っておこうかしら）

視線を巡らせたローズの視界の端に、周囲を気にしながら走る二人の男が入った。一人が抱えた大きな麻袋がもぞもぞと動いているのを認識した瞬間、ローズの身体は動いていた。

「へへっ上玉を手に入れたな」

人気《ひとけ》のない路地裏の道。前を走る荷物を抱えた男にもう一人が声をかけた。

「ああ、きっといいとこのお嬢だぜ。従者とはぐれたんだろうな」

「高く売って今夜――」

「……おい？」

不自然に途切れた連れの声に、男は足を止め振り返った。

道の真ん中に倒れた仲間と、その傍《かたわ》らに立つ一人の女がいた。

「その担いだ荷物、私にくれる？」

深く帽子を被っているため顔はよく見えないが、形のいい唇が柔らかな微笑を浮かべた。

「は？　何を……」

言いかけた男に向かってローズは素早く走り出すと、その腹部に鋭い拳を入れた。

「ぐっ……」

「ではいただいていくわね」

男が倒れる前にその肩から麻袋を取り上げ、ローズは身を翻《ひるがえ》してその場から立ち去った。

離れた場所まで来ると、ローズは慎重に麻袋を下ろし、ダガーナイフで固く結ばれた紐を切っていく。袋の中に入っていたのは、布で口を塞がれた、高級なワンピースを着た七歳くらいの少女だった。柔らかな金髪は乱れ、ローズを見上げる大きな青い目はおびえた色を浮かべている。

「大丈夫よ」

ローズは少女に向かって笑いかけた。

「もうさっきの悪い人たちはいないから、ね」

口と手足に巻かれていた布紐を外してやる。無遠慮に巻かれたのだろう、締めつけられた部分が痛々しい。赤くなった部分をさすりながらローズは少女の顔をのぞき込んだ。

「他に痛いところはある？」

少女は小さく首を横に振った。

「お家《うち》の人とはぐれたの？」

こくん、と首が揺れる。

「きっと捜しているわね。もう大丈夫だから。私が連れていってあげるわ」

少女を抱き上げると、ローズは小さな背中をぽん、ぽんと優しく叩いた。

「う……わあぁーん」

ようやく安堵したのだろう。少女はローズに抱きつくと大きな泣き声を上げた。

泣きじゃくる少女を抱いたまま、ローズは広場へやって来るとベンチに腰を下ろした。

(もう馬車は出てしまったわね)

大きな時計を見上げて心の中でため息をつく。けれどあれを見過ごすことなどできるはずもない。

まずはこの子を家族の元に返して、それから今後の予定を考えよう。ローズは自分から離れようとしない少女の顔をのぞき込んだ。

「私はローズ。貴女のお名前は？」

「……ライラ」

「ライラはこの辺りに住んでいるの？」

少女は首を横に振った。身なりからして貴族の娘だろう。家名を聞き出すか、それとも……

「お嬢様!?」

そのとき、遠くから女性の声が聞こえた。

「ライラお嬢様！」

「マーヤ」

ライラの顔が明るくなった。

「ああ……お嬢様！」

中年の女性が駆け寄ってきた。その後ろから護衛らしき男たちが走ってくる。

「よかった……ご無事で……」

マーヤと呼ばれた女性は泣きそうな顔でローズたちの前に跪《ひざまず》いた。

「ローズが助けてくれたのよ」

ライラはローズに抱きついたままそう言った。

「まあ……ありがとうございます……」

「変な男の人にね、袋に入れられたの」

安堵の表情を見せたマーヤたちの顔が、ライラの言葉に真っ青になった。

「お、お、お嬢様っ、それは……」

「でもローズが助けてくれたのよ」

まるで見ていたかのように胸を張ってライラは言った。

「ああローズ様……本当にありがとうございます」

マーヤは涙を流しながらローズに頭を下げた。

「お嬢様に何かあったら……旦那様方になんとお詫びをしたら……」

「袋を抱えた男たちが走っているのを見かけたのであとを追いかけました。私は武芸の心得がありますから。お役に立ててよかったです」

「そうですか……ああ本当に……よかった……ありがとうございます」

何度も頭を下げるマーヤはふと気づいたようにローズの脇に置かれたトランクケースを見た。

「ローズ様はご旅行中でしょうか」

「……ええ。ベイツ帝国にいる親戚を訪ねる途中です」

これくらいなら言っても大丈夫だろう。ローズは正直に答えた。

「まあ、ベイツに行くの？　私も帰るのよ」

ライラが嬉しそうに声を上げた。

「ローズも一緒に行きましょう！」

「え？」

「ねえマーヤ。いいわよね」

「さようでございますね。お嬢様の命の恩人ですから。旦那様もお礼を差し上げたいでしょうし」

「ね、ローズ。一緒の馬車に乗りましょう？」

キラキラと目を輝かせながら訴えるライラの傍《かたわ》らでマーヤもうなずいている。

（え？　そんな簡単に……）

会ったばかりの、身元も分からない他人を同行させようだなんて。例えばローズが人さらいの男たちとグルだとか、そういう可能性は考えないのだろうか。

人のよすぎる彼らに不安を感じたが、正直、この申し出はローズにとってもありがたい。ライラの押しに流されるようにローズはともにベイツ帝国へと向かうことになった。

ライラは皇宮で政務官を務めるアトキンズ伯爵の娘だった。バークレー王国にいる、母方の親戚の元を訪れた帰りだという。母親は病弱で旅に耐えられる身体ではなく、まだ七歳のライラがその代理として来たのだという。

「お母様の代わりができるなんて、ライラは立派ね」

すっかりローズに懐いたライラの頭をなでながらそう言うと、嬉しそうに顔をほころばせたが、すぐにライラはその表情を曇《くも》らせた。

「……でもお母様はすぐ疲れてしまうから、こうやって一緒にお出かけできないの。早くお母様に会いたいわ」

まだまだ母親が恋しい年齢だ。その寂しさはローズにもよく分かる。

「ローズのお母様は、どういう方なの？」

「とても優しい方だったわ。私が五歳のときに亡くなったけれど」

あっと小さく声を上げてライラは大きく目を見開いた。

「……ごめんなさい」

「いいえ、大丈夫よ」

しゅんとしてしまった小さな頭をなでる。

「お母様が亡くなって寂しかったけれど、その分、他の人たちが可愛がってくれたから」

それは自分の家族ではなく、伯父家族だったが。彼らは我が子のようにローズを可愛がってくれた。ローズへの愛情ゆえに過剰な武術も教え込まれたが、心身を鍛えたからこそオルグレン王国での窮屈な生活に耐えられたのだから本当に感謝している。

（それに比べてお父様は……）

外では宰相としてうまくやっているようだが、家の中では妻が継娘《ままこ》をいじめるのを止めることもせずに、今回の事件を引き起こしてしまった。止められなかったといえば国王もそう。王も宰相も、息子の愚かさを知りながら正すこともできなかった――いや、正そうともしなかった。

（あの国は大丈夫かしら）

そう思ったが、ローズは唯一まともな者がいたことを思い出した。彼はもう国へ戻った頃だろう。

「あの方は今回のことを知ってどう動くかしら」

誰にも聞こえないようにローズはつぶやいた。

＊＊＊＊＊

「陛下。ただ今戻りました」

執務室に入ってきた王太子の声に国王は顔を上げた。

「ご苦労だったな、リチャード。外遊の成果はどうであった」

「有意義でした。あとで報告書を出します。――そんなことよりも」

ダンッ、机を乱暴に叩くとリチャードは冷めた視線で父親を見下ろした。

「あのバカがやらかしてくれたようですね。ローゼリア嬢の行方は？」

「……まだ分からぬ。バークレーとの国境付近に彼女を連れていった男たちが倒れていた。ローゼリア嬢にやられたと言っているようだが……まさか彼女にそんなことができるはずもない」

王はため息をついた。

「このことがベイツ帝国に知られる前に彼女を保護しないと」

(本当にバカどもが)

愚かな弟といい、弟を制御できていなかった父といい、まったく何も分かっていない。

「分かりました。こちらでも捜してみます」

「ああ、頼む。彼女は大切な娘だからな」

(大切ならば大事にするよう、愚弟に言い含めておけばよかったのに)

「……では失礼いたします」

いら立ちを抑えながら部屋から出ると、リチャードはまっすぐ自分の執務室へと向かい、イスに座り隣に立つ補佐官のジョセフ・オーブリーを見上げた。

「『影』は呼んだか」

「は」

「しかし。まさか愚弟にあんな行動力があったとはな」

「入れあげていたという小娘にそそのかされたのでしょうか」

「その可能性は高いな。アルルがそこまで頭が回るとは思えん。小娘の周辺を調べろ」

娘を王子に嫁《とつ》がせたい父親が娘を通じて知恵を与えた、そんなところだろう。たとえローゼリアと婚約していなくとも、男爵令嬢が王子と結婚できる可能性はかなり低いのだが。

(まったく、どいつもこいつも)

「帰ってきて早々、問題を抱えてしまいましたね」

ジョセフはいら立ちを隠さないリチャードの前にそっとティーカップを置いた。香りの高い琥珀《こはく》色《いろ》の液体を口に含むと、リチャードはようやく落ち着いたように息を吐いた。

「ローゼリア嬢はやはりベイツ帝国へ向かっているのでしょうか」

「だろうな。このことが向こうに伝わる前に彼女が無事な姿を見せなければ……最悪、戦争だ」

氷の悪魔と称されるほど冷徹な帝国の将軍、エインズワース公爵が可愛い姪が受けた仕打ちを知ったら。少なくとも今回の原因であるアルルの身柄は差し出さないとならないだろう。

「愚弟の首だけで収まればいいが」

「ついでに陛下の首も差し出しますか」

「丸く収まるならばそれもいいが……父上にはもう少し働いてもらわないとな。ローゼリア嬢の本性を見抜けない程度の凡庸だが、国民にとってはよき王だ」

リチャードは不敬なことを平然と言ってのけるジョセフに眉をひそめることもなく返した。

「殿下でさえ気づくのに三年かかったではありませんか。他の者が気づかないのは仕方ありません」

「それまで彼女と会ったのは数回だぞ。……ふ、それは言い訳に過ぎないか」

険しかったまなざしがようやく緩んだ。

初めてローゼリアと会ったのは、アルルとの婚約が正式に決まった場だった。

第一印象は「大人しそうな少女」だった。お妃教育で城には頻繁に来ていたようだが、リチャードとローゼリアが話す機会は滅多になく、王妃が開くお茶会に同席したり夜会で会ったりするくらいで、社交辞令程度の会話しかしたことがない関係だった。

ローゼリアがアルルの婚約者となり三年ほどたった頃。お妃教育を優秀な成績でこなし、薔薇に例えられるほどに美しく華やかな容貌に、中身までも完璧だと賞賛されるローゼリアと、甘やかされ不真面目なアルルとの差ははっきりと開いていた。「第二王子ではなく王太子と婚約すればよかったのに」「きっと立派な王妃となるだろう」そんな声がリチャードの耳にまで届き、それほど評判がいいとはどんな娘なのだろうと初めて興味を持った。

お茶会で会ったとき、リチャードは改めてこの少女を観察して気づいた。この淑《しと》やかで美しい少女の瞳の奥に秘められた、刃のように鋭い輝きのそれは普通の者が持つものではないことに。

(宰相の娘だとは聞いていたが……彼女は何者だ？)

ローゼリアが七歳から十四歳までの七年間、エインズワース公爵家に預けられていたと聞かされ、嫌な考えがよぎった。ベイツ帝国の軍事を司《つかさど》る公爵家は、当然裏のことにも通じている。ローゼリアが諜者《ちょうじゃ》として育てられている可能性はないだろうか。そう疑いたくなるほどあの瞳は危険な輝きを持っている。リチャードは自身の諜者《ちょうじゃ》、「影」を放ち探らせた。

そうして十日後、影は腕に切り傷を作り戻ってきたのだ。

「まさか……ローゼリア嬢が？」

「一瞬の出来事でした」

影は目を見開いたリチャードに一通の手紙を差し出した。そこには、将軍はローゼリアをそのまま引き取るつもりだったので、エインズワース家の人間として武芸を教え込まれただけだということと、影を傷つけたことへの謝罪が書かれてあった。

影に気づき、一太刀浴びせた上に主の意図を見抜き、手紙まで持たせる。影を斬ったのは、彼女の力を見せつけるためと、これ以上このことに対して詮索《せんさく》するなという威嚇《いかく》の意味があるのだろう。

(騎士に匹敵する能力と大胆さを持つとは……とんでもない棘《とげ》を隠し持った薔薇だ)

リチャードは手紙をたたむと傍《かたわ》らに控える影を見下ろした。影の中でも特に優れた能力を持つこの男に傷をつけるとは。

「相当な腕前のようだな」

「ありえないほどの速さでした」

そう答えた影の言葉の奥に、喜びのような感情が潜《ひそ》んでいることに気づき、心の中でため息をつく。

（まったく。人心掌握術にも長《た》けているとは）

「敵には回したくないな」

十代の少女にそこまで仕込める将軍家も、それを身につけたローゼリアも。


「やあ、先日は失礼したね」

数日後。登城したローゼリアを待ち伏せしてリチャードは話しかけた。

「こちらこそ、はしたないところをお見せいたしました」

優雅な微笑を浮かべてローゼリアは答えた。

「不快な思いをさせてしまったね」

「いいえ。私、安心いたしました」

「安心？」

「私のことを疑える方がいらっしゃって」

鋭い視線が一瞬リチャードを刺したが、すぐに穏やかなまなざしに戻る。

「……なんて、生意気言って申し訳ありません」

「ふ、君はうわさどおりだな。弟にはもったいない」

お返しとばかりに遠慮のない視線がローゼリアを見すえた。

「まあ弟に限らず、この国で君に釣り合う者はいないようだな」

「……そうですか」

一瞬揺れたグレーの瞳に浮かんだ、その色にリチャードは気づかなかった振りをした。

ローゼリアとアルルの婚約は国が決めたものだ。いくら能力が高くても権力を持たない彼女に覆《くつがえ》せるものではない。彼女の心の中、その瞳の奥にどんな思いが隠れていても。


「殿下」

昔のことを思い出していると気配もなく男の声が聞こえた。

「ローゼリア嬢のことは聞いているな」

「は」

「バークレー王国からベイツ帝国のエインズワース公爵家へ向かっているはずだ。彼女の無事を確認できればいいが……もしも可能なら伝えてほしいことがある」

傍《かたわ》らに膝をつく影に向かってリチャードは命じた。

＊＊＊＊＊

乗合馬車ならば十日以上かかる道程だが、貴族ならばもっと速く走る馬と快適な馬車を雇い、より早いルートで移動できるため六日で行くことができる。

帝都へ向かう道中、ローズとライラは本当の姉妹のように過ごしていた。病気がちな母親になかなか甘えることのできない一人っ子のライラと、実の家族から愛情を与えられなかったローズ。心の奥に寂しさをしまい込んだ者同士、引き寄せ合うのだろう。

「このあたりは最近治安が悪いものですから。お気をつけください」

ベイツ帝国との国境に接する街で宿に入ると、主人が申し訳なさそうにそう告げた。

「何かあったのですか？」

乳母のマーヤが尋ねた。行きもこの宿を使ったが、そのときはそんなことを言っていなかった。

「ある商会が商品を移送するのに護衛を雇ったのですが、賃金の支払いで揉《も》めまして。護衛の連中が夜な夜な街を徘徊《はいかい》して暴れるのです」

主人はため息をついた。

「なんでも護衛とは名ばかりの、ただの乱暴者だったようで。ろくに役目を果たさなかったため値切ったところ逆上して。領主様に訴えても当人同士で話をつけろと突き放されてしまいまして……酒を飲んでは暴れる、かといって酒を出さなくても暴れる。代金は商会のツケにしろと払わない。昨夜は酒場で働く娘をさらおうとして大騒ぎになりました。どうか夜は外に出ないでください」

「まあ、怖いですわね」

（気をつけないと、私一人じゃないし）

主人とマーヤの会話を聞き、幼いライラが再び危険な目に遭わないことを願いながら、ローズは鍵を受け取ると自分の部屋へと入った。

主人の言葉を受けて、夕食は宿の中にある食堂で取ることにした。

「まあお嬢様。にんじんを食べられるようになったのですね」

空《から》になった前菜の皿を見てマーヤが喜んだ。

「だってローズ姉様みたいに綺麗で強くなりたいんだもの」

ライラは好き嫌いが多く、それが家族や使用人の悩みだった。けれどローズに憧れるライラにその美しさや強さの秘訣を尋ねられ、ローズは「ちゃんと食べて身体を動かすことよ」と答えた。それを受けて、ライラも頑張って嫌いなものも食べるようにしたのだ。

「ねえローズ姉様。私も綺麗で強くなれるでしょう？」

「そうね、きっと綺麗になれるわ」

ローズのように強くなるのは無理だけれど、ライラならきっと綺麗に成長するだろう。

「それじゃあお嬢様、お魚も全て食べましょうね」

運ばれてきた皿を示してマーヤが言った。

「……頑張るわ」

顔をしかめながらもライラが魚を食べるのを見守っていると、乱暴にドアを開く音が聞こえた。

「おう！　酒と飯を出せや」

五人の男が押し入るように食堂へと入ってきた。

「きょ、今日は宿泊のお客様で貸し切りなんです……！」

給仕係が慌てて男たちの前へ駆け寄った。普段は宿泊客以外にも食事を提供しているが、この数日の騒ぎがあった上に今日の宿泊客には他国の貴族もいる。問題を起こされてはたまらないと、入り口にも貸し切りの札を下げていたはずなのに、男たちはそれを無視して入ってきたのだ。

「ああ？　席は空《あ》いてるじゃねえか」

制止する声を聞き流して男たちは入ってすぐの席にどっかりと座り込んだ。他のテーブル客たちから不安げなざわめきが起きる。

「お客様……申し訳ございませんが、一度お部屋へお戻りください」

報告を受けた宿の主人が慌てて食堂に現れると、一番奥にあるローズたちのテーブルへ来て小声でそう言った。

「彼らが問題の男たちですか」

「さようでございます」

「マーヤさん、ライラと先に二人で出てください」

一度に大勢が動くと目立ってしまうだろう。ローズはマーヤにそっと告げた。

「はい。さ、お嬢様」

「皆さんも、一人ずつ目立たないよう外へ」

ライラたちが宿泊者用の出入り口から出ていったのを見届けると、ローズは護衛たちに言った。

「ローズ様は……」

「私は最後に行きます」

「いえ、ローズ様を最後に残すわけには……」

「貴方方の仕事はライラの護衛でしょう」

鋭い銀色の視線が護衛たちを見た。

「任務が最優先です」

「……かしこまりました」

有無を言わせないローズの声色に、小さく頭を下げると護衛の一人がまず外へ出た。続いて二人目、三人目と音もなく出ていく。ローズも出ていくタイミングを計ろうと背後をうかがった。

「おら、さっさと酒を出せよ！」

「一番高い肉を持ってこい！」

「支払いは全部マゴット商会だからな」

男たちの騒ぎ声に交ざり、女性の小さな悲鳴が聞こえた。

「姉ちゃん、酌《しゃく》をしろよ」

「離してください！」

ガタン、とわざと音を立ててローズはイスから立ち上がった。

「お、こっちにも女がいるじゃねえか」

音に気づいた男の一人が歩み寄ってきた。

「ちょうどいい、姉ちゃんも酌《しゃく》をしな」

「こ、この方は大切なお客様で……！」

「どけ」

間に入ろうとした宿の主人を男が乱暴に払いのけると、主人は側のテーブルに倒れ込んだ。食器が落ちて割れる音と客の悲鳴が響き渡る。

「あーあ、めちゃくちゃじゃねえか」

「店を変えるか」

「姉ちゃんも一緒に行こうぜ」

男がローズの顔をのぞき込んだ。

「おっ、すっげえ美人じゃねえか。今夜は俺たちと遊ぼうぜ」

肩を抱きかかえようと伸ばされた手をローズは叩き払った。

「汚い手で触れないで」

「……あ？」

ローズの言葉に、薄笑いを浮かべていた男は真顔になった。

「姉ちゃん、そんな生意気なことを言ってどうなるか……」

再び伸びてきた男の腕を取るとローズは身体を素早くひねった。腕をねじりながら男の身体を床に叩きつける。

「なんだ？」

派手な音に他の男たちが立ち上がった。ローズは音も立てず素早く男たちのテーブルへ走り、身体を沈め手前にいた男の腹に拳を入れた。立ち止まることなくもう一人、二人と同様に腹を突くと、男たちは次々と倒れていく。

「な……」

「隙だらけね」

ローズは残った一人の前に立った。

「この程度の腕で態度だけ大きくて。みっともないわ」

「女……！」

残った男が拳を振り上げた。ローズはそれを難なくかわし男の背後に回り込み、首筋に手刀を打ちつける。大きな身体が崩れ落ちると、周囲の客や従業員たちから歓声が上がった。

「すごい……あんな細い身体で」

「誰も手をつけられなかったのに……」

「ご主人。大丈夫ですか」

ローズは従業員たちに介抱されている宿の主人へ歩み寄った。

「は……い。ありがとうございます」

なんとか立ち上がると主人は深く頭を下げた。

「お客様はとてもお強いのですね。誰も止められないほど強い者たちでしたのに」

「私が女だからと油断したのでしょう」

ローズはほほ笑んだ。

「彼らが気づく前に捕らえた方がいいでしょう。領主は彼らの対応に乗り気ではないようですが、突き出す先はありますか」

「はい……とりあえず、商人ギルドのほうで身柄を拘束《こうそく》します」

そう答えて主人はため息をついた。

「領主様を悪く言いたくはないのですが……あまり我々のことまで気が回らないお方ですので」

領主の中には領民たちの安全など顧《かえり》みないという者もいる。この地の主もそうなのだろう。

(領民の安全は領地の繁栄にもつながるのに)

ローズは不快感を覚えた。

「もし手に余るようでしたら、ベイツ帝国のエインズワース公爵家へご連絡ください」

「エインズワース？　……もしかしてあの『氷の悪魔』の？」

主人は目を見開いた。

「ええ。私が巻き込まれたことを知れば心配するでしょう。それに、帝国に隣接するこの地の治安に不安があれば、帝国も見過ごすことはできないだろうと、領主様にもそう伝えてください」

笑顔でローズはそう言った。


翌日、宿の従業員や周辺の店主など大勢に見送られてローズたちは宿を出た。皆昨日の男たちに悩まされていて、お礼に菓子や果物などたくさん渡してくれたのだ。

「ローズ姉様の活躍を見たかったわ」

頬をふくらませてライラが言った。

「あの場所にライラがいたら危なかったわよ」

「そうですよお嬢様」

ローズの言葉にマーヤもうなずいた。

(エインズワースの名前を出すのは早かったかしら)

まだ不満そうなライラの頭をなでながらローズは思った。だがこの街の治安に不安を感じたのも確かだ。昨日の男たちは油断していたこともあってローズ一人で簡単に倒せたが、街の人々で抑えられないならば騎士が出てこないとならなかっただろう。

領主は騎士を出すことなく放置していた。今後も同じようなことが起きる可能性がある。

この街は帝国へ出入りするときの検問所がある、重要な場所だ。その地の治安に不備があれば帝国にとっても問題だと、帝国からバークリー王国に訴える可能性も出てくる。それは領主にとって不名誉なことだろう。

(そこまで察して領主が動いてくれればいいけれど)

馬車の窓の外に視線を移して、にぎやかな街道を眺めながらローズは願った。

＊＊＊＊＊

ベイツ帝国に入ってからは問題もなく順調に進み、馬車は帝都へと無事到着した。

馬車のカーテンを開けると、ローズは四年前ここから去るときに名残惜《なごりお》しく見た懐かしい景色を見回した。帝都全体を囲う灰色の石を積み上げた壁には帝国の紋章が描かれた旗がはためき、壁の周囲には堀が巡らされ豊かな水が流れ、そのほとりには樹木が植えられている。

夕日に照らされたその美しい景色は、ずっと焦《こ》がれていたものだった。

「ローズ姉様はすぐにご親戚のところへ行ってしまうの？」

帝都へ入る門をくぐり抜けると、ライラは悲しそうな顔でローズを見上げた。

「今日は家へ泊まっていってくれる？」

「ええ、ぜひ旦那様方からもお礼をお伝えさせてください」

「……そうねえ」

ローズは思案するフリをして馬車の外へと意識を向けた。

夕闇に包まれ始めた帝都は穏やかな空気に満ちている。門を通るときも何も感じなかった。ローズが追放された報告はすでに届いているかもしれないが、まだ猶予《ゆうよ》はありそうだ。それに――

（エインズワースに帰る前に『彼』に会っておかないとならないわね）

「じゃあ今夜はライラの家に泊めてもらおうかしら」

ローズの言葉にライラは顔を輝かせた。

「本当に？　今夜は一緒に寝てくれる？」

「ええ」

「約束よ！」

嬉しそうに抱きつくライラをローズは笑顔で抱きしめ返した。


「お父様！」

「お帰り、ライラ」

アトキンズ伯爵は駆け寄ってきた愛娘を抱き上げた。

「道中のことを聞いて驚いたよ。無事でよかった」

「本当に……心配していたのよ」

後ろに控えていた夫人もほっとしたようにほほ笑んだ。自分の代わりに遠い隣国へ一人で行かせた娘が危ない目に遭ったのだ。この目で無事を確認するまでずっと気が気でなかった。

娘の無事を確認するように両親で交互に抱きしめると、伯爵は乳母の傍《かたわ》らに立つローズへと視線を移した。

「貴女が娘の恩人ですね。ありがとうございます」

「こちらこそ、ここまで同行させていただきありがとうございました」

ローズはスカートの裾をつまみ、頭を下げた。服装こそ平民が着るものだが、その容貌といい、仕草といい、高位貴族の令嬢であることは確かだ。

（本当にこの令嬢が人さらいから娘を助け出したのだろうか）

乳母には武芸の心得があると伝えたそうだが、小柄な身体のどこにそのような力があるのだろう。

「貴女にお礼を差し上げたいのですが」

伯爵はローズに言った。

「いいえお礼など。当然のことをしただけですから」

「私たちにとって貴女は娘の命の恩人です。何もしないわけにはいきません」

「そうですか……」

ローズは小首をかしげて少し思案した。

「それでしたら、手紙を取り次いでいただきたいのですが」

「手紙ですか？」

「はい。エインズワース公爵へ、明日なるべく早くお渡ししたいのです」

「将軍閣下に？」

この少女が将軍になんの用を……と思いかけて伯爵は気づいた。武芸の心得があるという少女の瞳が、将軍と同じグレーであることに。

「……それならば、明日は朝から出仕するので閣下がいらっしゃれば直接、不在であれば公爵家へ使いを出しましょう」

娘の恩人を詮索《せんさく》するのも失礼だろう。伯爵はそう答えた。

用意してもらった客室へ入ると、ローズは少ない荷物を下ろし、手紙を書くために借りた便箋《びんせん》とペンを机の上に置いた。イスに手をかけようとして、その視線が窓の外へと向く。

ローズは窓を開けるとベランダへと出た。

「傷は残りました？」

「……いいえ。浅い傷でしたから」

暗闇にそっと声をかけると、やや間を置いて声が返ってきた。

「よかったわ」

「貴女は変わったご令嬢ですね」

あきれたような声が聞こえると、暗闇からゆらりと影が出てきた。

「いつから気づいておられたのですか」

「帝都の門を抜ける少し前ね」

「……つまり追いついたときにはもう気づかれていたのか」

はあ、と影がため息をつく。

「ほんと、自信なくしますよ」

「私は特に気配には敏感なの。身を守ることを最優先に鍛えられたから」

「そうですか」

納得していなそうな響きにローズは思わず笑みをもらした。

「貴方こそ、そんなに感情を出して。影なのに変わっているわね」

「どうも貴女の前だと調子が狂うようです」

そもそも「影」がこうやって会話をすること自体がおかしいのだけれど。お互いそこには触れずに、旧知のように会話を続けた。

「明日には伯父様に会えると思うけれど、公爵家にはこうやって侵入しないでね。あの家の警備は皇宮以上だから」

「心得ておきます」

「それで、今回の任務は私の所在確認？」

ローズの言葉に、すっと影が改まる気配を感じた。

「王太子殿下からの伝言です。弟の所業、誠に申し訳ない。ローゼリア嬢に不利とならないよう責任を持って処分するが、希望があればなんなりと申してほしい、と」

「――もうあの人たちには関わりたくないわ」

しばらく沈黙して、ローズは口を開いた。

「私はオルグレンに戻るつもりはないわ。だけど一つだけ……忘れ物をしてしまったの」

「忘れ物？」

「ルビーのネックレス……お母様の形見。それだけが心残り」

「確かにお伝えいたします」

現れたときと同じように、ゆらりと影は闇に消えていった。

＊＊＊＊＊

いつもと変わらない、皇宮の朝。

重要な会議も行事もない、平穏な一日のはずなのに、皇帝の執務室前に漂《ただよ》う不穏な空気を感じてアトキンズ伯爵は眉をひそめた。娘の恩人であるローズと約束した手紙を渡すために、将軍へ目通りを願おうとしたら朝から皇帝と面会していると言われたため、執務室の前で出てくるのを待ち構えようと思い向かったのだ。

（この廊下にいる騎士たちの、ピリピリとした空気はなんなのだろう）

文官である伯爵は将軍と関わることが滅多にない。そのせいなのか不審者を見る目でこちらを警戒してくる騎士たちに、手紙を託して帰ってしまおうか……とおびえてしまう。

（だが、これは娘の命と引き換えの頼みなのだ。責任を持ってお渡ししないと）

シワにならない程度に手紙を握りしめてじっと息を潜《ひそ》めていると、執務室の中から怒声のような音が聞こえた。

「待てアドルフ！　落ち着け！」

「待てるか！」

乱暴にドアが開かれると、焦った皇帝の声を背にエインズワース公爵が出てきた。将軍の名にふさわしい立派な身体つきと、精悍《せいかん》な顔には明らかに怒りの表情が浮かんでいた。

「戻れ！　これは命令だぞ！」

「お前の命令よりローズの命のほうが大事だ！」

（ローズ？）

廊下の隅でおびえて様子をうかがっていたアトキンズ伯爵はその言葉に反応した。今朝挨拶を交わした少女に、なるべく早く渡してくださいと言われたときの、将軍と同じ色の瞳が脳裏に浮かぶ。

「しょ、将軍閣下！」

大股で通り過ぎようとする将軍に慌てて声をかけた。ジロリと鋭い目で一瞥《いちべつ》し、止まることなく去ろうとする後ろ姿にもう一度叫ぶ。

「ローズ様からです！」

ぴたりと将軍の足が止まった。

「――なんと言った？」

「ローズ様から……手紙を預かっています」

振り返った将軍に恐る恐る手紙を差し出す。

「よこせ」

ひったくるように手紙を奪うと、将軍はすばやく文面に視線を走らせた。読み終えると片手で顔を覆《おお》い、長い息を吐く。

「……ああ、ローズ……」

「見せろ」

いつの間にか廊下に出ていた皇帝がすっと手紙を取り上げた。手紙の内容を一読し、同様に顔を覆《おお》う。

「戦争にならなくて済んだ……」

安堵のため息とともに皇帝はつぶやいた。

「――そしてお姫様は王子様といつまでも仲よく暮らしました」

ローズはライラを膝に乗せて本を読んでいた。

「面白かった？」

ぱたん、と読み終えた本を閉じてライラの顔をのぞき込む。

「とっても！　ローズ姉様はお話を読むのが上手なのね」

「ふふ、ありがとう」

くしゃりと頭をなでると嬉しそうに顔をほころばせる。今日でローズとお別れというのが分かっているからか、ライラは朝からローズにべったりだった。

「ねえ、ローズ姉様。次は違うご本を……」

「ちょっと待ってね」

ふいにローズはライラを抱きかかえたまま立ち上がり、脇に控えていたマーヤにライラを預けた。

「ローズ様？」

「危ないから私から離れて」

「姉様？」

首をかしげるライラたちの耳に、地響きのような音が聞こえてきた。

「ローズ!!」

バタン！　とドアが外れそうな勢いで開かれると、部屋に飛び込んできた大きな物体がローズに飛びついた。

「無事でよかった……」

普通の令嬢ならば潰されそうな勢いと強さで抱きしめられながら、それでもローズはその顔に笑みを浮かべた。

「伯父様の耳まで届いてしまったのですか」

「今朝知らされた。とりあえずオルグレンに乗り込もうとしたらあのバカが止めようとしたのだ」

「……とりあえずで他国に乗り込まないでください」

いきなり将軍自ら乗り込んできたら、それは宣戦布告のようなものだ。

そして将軍を止められる立場の者は一人しかいないはずだが。その御仁《ごじん》をバカと言ってしまうことへの指摘は、さすがにローズにはできず、代わりにきつく抱きしめてくる腕をぽんぽんと叩くとようやくその力が弱まった。

「伯父様、心配してくださってありがとうございます。でも私なら大丈夫です、伯父様に鍛えていただきましたから」

「それは分かっているが……それでも心配なものは心配だよ」

ローズの身体を解放すると、将軍は背後に立っていたアトキンズ伯爵を振り返った。

「アトキンズ卿、姪が世話になった。感謝する。後日改めて礼をしよう」

「いえっ礼など。むしろローズ様には娘を助けていただきましたので、こちらから礼を差し上げたいのですが」

「ここまで馬車に乗せていただき私も助かりましたから。どうぞお気になさらず」

ローズはそう答えた。

「ですが……」

「そうだな、お互い様だ」

「……承知いたしました」

あまり食い下がっても不敬に当たる。そう判断して将軍の言葉に伯爵は頭を下げた。

「ライラ」

ローズはライラの前へ立つと膝をついて目線を合わせた。

「ローズ姉様……帰ってしまうの？」

「また会いにくるわ」

泣きそうな顔のライラに笑顔でそう言って頭をなでる。

「本当に？」

「ええ、約束よ」

ライラの手を両手で包み込むように握りしめ、額を重ねるとようやくライラは笑顔を見せた。


「すまなかったな」

伯爵一家に見送られ、馬車が動き出すと将軍は口を開いた。

「お前が向こうで酷い仕打ちを受けていたのは知っていたが、何もしてやれなかった」

「……仕方ありません」

ローズは首を横に振った。伯父とはいえ他国の、しかも家庭内の事情に口出しすることは、帝国の筆頭貴族であり皇帝のいとこである将軍にもできないことだ。

「それにあの程度、伯父様のしごきに比べればたいしたことはありませんから」

「そうか。それは鍛えた甲斐《かい》があった」

将軍はふっと優しい表情を浮かべた。

「道中、危険はなかったか」

「あ……そういえば、エインズワースの名前を出してしまいました」

ローズはバークレー王国での件を説明した。

「そうか、そんなことがあったか。お前はエインズワースの娘なのだから家の名を使うことは問題ないし、むしろ利用してくれて構わない」

子供の頃のように、将軍はローズの頭をくしゃりとなでた。

「皆ずっと心配していた。家にも伝令を出しておいた。クレアもきっと喜んで待っている」

「伯母様はお元気ですか」

「ああ」

「ルイス兄様も？」

「……ああ。ルイスはなあ」

「兄様に何か？」

言いよどむ将軍にローズは首をかしげた。

「ローズ……覚悟しておいてくれ」

問いには答えず、将軍はそう言うともう一度ローズの頭をくしゃりとなでた。


四年ぶりに公爵家の門をくぐると懐かしさが胸にこみ上げてきた。ルイスと走り回った庭や、よじ登っては怒られた木々が視界に入る。奥にある訓練場もきっとそのままだろう。

広大な敷地内を走り抜けながら昔を思い出していると、エントランスで馬車は止まった。

「お帰りなさい、ローズ」

「伯母様。ただいま戻りました」

出迎えた公爵夫人はローズと抱擁《ほうよう》するとその顔を見て目を細めた。

「すっかり大人になったわね。想像していた以上に綺麗になったわ」

「ありがとうございます。伯母様もお変わりなくて何よりです」

「いつ帰ってきてもいいように、貴女が使っていた部屋はそのままにしてあるのよ」

母親のような優しい笑顔で夫人は言った。

夫人の言うとおり、ローズが使っていた部屋は昔のままだった。淡いピンクを基調とした部屋は今では子供っぽく思うけれど、毎日掃除されていたのだろう、綺麗に磨かれた床や家具に自分への愛情が宿っているようで嬉しく感じながら、ローズはソファに腰を下ろすとそっと目を閉じた。

「やっと……帰ってこられた」

ずっと帰りたいと思っていた。

アルルと結婚し、王子妃となってしまったらそれはかなわないだろうと半《なか》ば諦めていた。

けれどこうしてアルルと弟ギルバートの手によりオルグレン王国から追放され、無事この家に帰ってこられたのだ。改めてローズは心が軽くなっていくのを感じた。

(向こうの生活は……もう思い出したくもないわ)

将軍にはたいしたことはないと言ったけれど、実家に帰ってからの四年間は正直つらかった。公爵家で与えられ続けていた愛情が突然途切れた上に、実の父親や家族から向けられた冷たい態度や攻撃的な言葉は、まだ十四歳だったローズには酷《こく》すぎた。それでも公爵家での想い出を糧《かて》に、お妃教育に没頭することで紛《まぎ》らわせてきた。

けれどもう、あんな思いはしなくてもいいのだ。

「……ただいま」

つぶやいて、安心感からローズはゆっくりと眠りに落ちていった。

どれほど眠っていただろう。こちらへ急いで近づいてくる気配を感じ急速に意識が浮上する。

ローズが立ち上がると同時にバタン！　と激しく音を立ててドアが開かれた。

「――ローズ……」

ダークブロンドの髪を揺らしながら息を切らして立っていたのは、ローズと同じグレーの瞳を持つ端麗な顔立ちの青年だった。

「……ルイス兄様」

名を呼ぶと彼は嬉しそうに破顔した。その顔には四年前を思い出させる少年らしいあどけなさが残っている。

「ローズ！」

駆け寄るとルイスはローズを抱きしめた。

「兄様」

「会いたかった……」

ローズを抱きしめる腕に力がこもった。

実の弟ギルバートとの関係が悪かったローズにとって、ルイスは兄と言っていい存在だった。

初めてエインズワース家に来て緊張していた七歳のローズに、十歳のルイスは笑顔で自ら歩み寄るとその手を取り、家中を案内してくれた。

それから毎日のようにともに遊び、学び、ときには剣を交えた。ケンカをすることはなく、いつもローズの味方でいてくれる。ローズにとっては兄であり友でもある、大切な存在だった。

「兄様……ご心配をおかけしました」

懐かしい記憶が次々と蘇《よみがえ》り、胸が熱くなるのを感じながらローズは言った。

「無事に帰ってきて本当によかった。どうやってローズを連れ戻そうか考えていたけれど、向こうから手放してくれてよかったよ」

「え？」

ルイスの胸から身体を離すように手を添えるとローズは相手を見上げた。

「連れ戻す……？」

「ローズがオルグレンに行ったあと、俺は自分の気持ちに気がついたんだ」

自分を見つめる瞳に今まで見たことのなかった熱が宿っていることにローズは気づいた。

「気持ち……」

「ローズが好きなんだ。妹としてではなく、女性として」

「……え」

これまでずっと兄だと思っていたルイスからの、予想外の告白にローズは目を見開いた。

「ローズ」

ルイスはローズの顔をのぞき込むと眉根を寄せた。

「もしかして、まだあいつのことが好き？」

「え？」

一瞬ぽかんとしたけれど、すぐに相手の言うことを理解してローズは首をゆるく振った。

「……あれは……昔のことだから……」

それはルイスにだけその心を明かした初恋の思い出。今でも思い出すと少し心が痛むけれど、彼が婚約したと聞いたときに封印した、かなうことのなかった幼い恋心だ。

「もう、忘れたもの」

そう言いながらもローズの瞳が揺れるのを見て小さくため息をつくと、ルイスはローズをもう一度抱きしめた。

「まだあいつに心が残っていても、婚約者がいても。俺はローズを諦めない、必ず手に入れる。そう決めたんだ」

「兄様……」

「ルイス、だよ」

そう訂正してルイスは柔らかな髪に口づけを落とした。

「夫になる相手に『兄様』はないだろう」

「夫……？」

「ローズを手に入れるとは、そういうことだよ」

熱を帯びた光が宿った瞳でローズを見つめながらルイスは口角を上げた。その色気のある顔にローズの心臓がどくん、と跳ね上がった。

「ローズ。俺と結婚しよう」

「にいさま……」

「四年ぶりに会った『兄』に突然こんなこと言われて戸惑うだろうけど。俺は決めたんだ、ローズだけだって」

愛おしそうに目を細めて、ルイスはほんのり赤く染まった目の前の頬をなでた。

「両親たちにも伝えてある。ローズ以外は娶《めと》らない、なんとしてでもローズを取り戻すと」

覚悟しておいてくれ。先刻馬車の中で将軍が口にした言葉が蘇《よみがえ》った。

（それってこのこと……？）

「ローズ……愛している」

ルイスの顔が近づくと、ローズの頬に彼の唇が触れた。思わずこわばらせた身体をきつく抱きしめると、ルイスは目の前の白いこめかみや額へと口づけていく。それは幼い頃に受けた親愛のキスとは異なり、熱いほどの熱を帯びていた。

「ローズ」

ささやいて耳たぶに軽く口づけられ、びくりと身体が震える。

「にい……」

「ルイス、だろ」

戸惑ったように自分を見たローズの身体をルイスはソファへと沈め、再び顔を近づけた。

「ルイス……ちょっと、待って……!」

「待てない」

「ルイス!!」

ローズの唇にルイスのそれが触れそうになった瞬間、怒鳴り声が響いた。

ルイスが振り向くと、閉めるのを忘れていたドアの向こうに鬼の形相の将軍が立っていた。

「……邪魔しないでください」

ちらと父親を一瞥《いちべつ》したルイスは再びローズに向き直り、その額に口づけを落とした。

「このバカ息子が!」

ルイスの襟首をつかむと、息子よりも体格のいい将軍はそのままルイスの身体を部屋の外へと引きずっていった。

「ローズ……大丈夫？」

入れ替わりに部屋に入ってきた夫人は動けずにいるローズの隣に腰を下ろし、起き上がるのを助けながら尋ねた。顔を赤らめたまま声も出せないローズの様子にふう、とため息をつく。

「ごめんなさいね、ルイスもずっと焦《こ》がれ続けていた貴女がこんな風に戻ってきたから、暴走してしまったのね」

ローズを落ち着かせるように、乱れた髪を手で整えると夫人はローズの背中を優しくさすった。

「ルイスのこと、嫌いになってしまったかしら」

「……いえ……」

ローズはなんとか声を出した。

「大丈夫……です。びっくりしてしまって……」

兄だと思っていたルイスからの突然の告白と求婚に、冷静なローズもさすがに動揺してしまう。

まだ鼓動が速い心臓をなだめるように胸をさすりながら答えた。

「まったくあの子は。このことは貴女の意思を尊重して、時間をかけてと言いたいところなのだけれど……ごめんなさいね。エインズワースの男に目をつけられてしまったら諦めるしかないの」

「え……？」

目を瞬《まばた》かせて、ローズは夫人を見た。

「どういう意味ですか？」

「エインズワース家の気質については知っている？」

「気質？」

ローズは首をかしげた。

「初代が元々王太子だったことは？」

「それは、知っています」

エインズワース公爵家の始祖は数百年前、帝国がまだ「ベイツ王国」だった頃の王太子だ。本来国王になるはずだったその王太子は王位を固辞し弟に譲り、自身は公爵となったと聞いていた。

それ以降、公爵家は「王国の盾」として強大な軍事力を作り上げ、領土を広げ、帝国となった今も筆頭貴族として皇家を支え続けている。皇家と公爵家の関係は深く、婚姻関係も何度か結ばれ、ローズとルイスの祖母にあたる現公爵の母親も先代皇帝の妹だ。

「どうして初代が臣下に降りたか知っていて？」

「いいえ」

「どうしても結婚したい相手がいて、政略結婚を嫌ったのですって」

困ったわねえ、という表情で夫人は弱々しく笑った。

「とても優秀な方だったのだけれど国よりも恋を選んだの。それ以降もエインズワース家の男たちは、これと決めた相手を見つけるとどんな手段を使っても手に入れるのよ」

遠い目になった夫人を見て、ローズはふと疑問が湧いた。

「もしかして、伯母様も……？」

「……気がついたら外堀を埋められていたわ。帝国一の軍師ですものね……」

ますます遠い目になると、夫人は我に返った様子でローズを見てほほ笑んだ。

「でもその代わり愛情はとても深いから。決して浮気はしないし、安心して身を委《ゆだ》ねて大丈夫よ。……深すぎるときもあるけれど」

最後の言葉は独り言のようにつぶやいてまた遠い目になってしまった夫人に、ローズは自分の今後について少し、いやだいぶ不安になった。

「……でも……公爵家は皇家と何度も婚姻していますよね。それは両家の結びつきを強めるためではないのですか」

「それも略奪……いえ、恋愛結婚よ。お義母《かあ》様のときは嫁《とつ》ぎ先になるはずだったマウラ王国と戦争になる寸前だったそうよ。だから貴女が無事に戻ってきて、きっと皇帝も安堵しているわ」

この国の平和は公爵家の人間の恋心に左右される。そんな恐ろしい事実には気がつかなかったことにしようとローズは思った。ルイスは恋愛対象として見たことがなかっただけで、嫌いなわけではなく、家族としての愛情は十分持っている。

(そうよね……あの愚かな王子と結婚するよりはずっとましだもの。ルイス兄様は……私を愛していると言ってくれたし)

告白されたときの、ルイスの熱を帯びたまなざしを思い出して、ローズは顔が熱くなるのを感じた。

将軍にこってり叱られたルイスはローズに謝罪し、結婚まで純潔を守るという誓いを立てさせられた。そうして改めて四人で話をすることになったのだが、ローズにぴったりくっつくように隣に座ったルイスがずっとローズの手を握りしめていて、ローズは先刻された行動を思い出して顔が赤くなってしまうのを止められず、どうにも落ち着かない。

「婚約する前にローズの問題を片づけないとならないな」

そんな息子たちの様子を、苦虫を噛み潰したような顔で見ながら将軍は言った。息子の気持ちも分かるが、ローズは将軍にとって娘同然なのだ。可愛い娘に息子とはいえ男が張りついているのは気持ちのいいものではない。

「私の問題？」

「追放されたというのは王子たちが個人的に行ったのだろう？　お前はまだランブロワ侯爵の娘だ。面倒なことが起きないためにも向こうとは縁を切らせたい。それとも、まだ向こうの家とつながっていたいか？」

「いいえ。もうあの家とは関わりたくありません」

ローズは首を横に振った。

「では私の養女にしよう。オルグレン王国にも許可を得なければならないが、ローズを追放して危険な目に遭わせたという後ろめたさから拒否はできないだろう」

「まあ、じゃあ結婚前にお母様って呼んでもらえるのね」

「そうだな」

嬉しそうに夫人は将軍と顔を見合わせた。

「……ありがとうございます」

（外堀を埋められるとはこういうことなのね）

ルイスとの結婚は決定事項なのだな……と少し遠い目になってしまうけれど、皆が嬉しそうだからいいのかな。ローズはそう思った。

夕食後、ローズはルイスの部屋へと連れていかれた。ソファへ座るよう促され、その隣へまた密着してルイスが座る。

「勝手に進めてごめん」

「いえ……大丈夫よ」

「俺と結婚するのは嫌？」

不安そうな顔でルイスはローズの顔をのぞき込んだ。

「……嫌ではないわ」

「でも浮かない顔をしている」

「現実感がないの。突然色々なことが起きたから……」

国を追われて、偶然助けた少女と帝国へ帰ってきて、四年ぶりに会ったいとこに告白され、結婚することになる。いくら普段は冷静なローズでも、さすがにこの短期間に立て続けに起きた出来事に気持ちが追いついていなかった。

「そうだな……ごめん。俺たちの中ではローズを迎えることはもう決まっていたことだから」

愛しい相手の肩を抱き寄せるとルイスはその髪にキスを落とした。

「ローズを取り戻す計画も色々立てていたけど。実行せずに済んでよかった」

どんな計画なのか気になるけれど……きっと知らないほうがいいだろう。

「大変だったねローズ。必ず幸せにするよ」

見つめるルイスの瞳はとても優しくて、けれどその奥には熱い瞳が宿っている。その熱と伝わってくる相手の気持ちに、ローズの心がじんわりと温かくなっていった。

(そう、私がずっと欲しかったものを、この家は……ルイス兄様は与えてくれるんだわ)

「……はい」

うなずくと、嬉しそうに頬を緩めてルイスはローズを抱きしめた。

第二章

最後に皇宮を訪れたのはいつだったろう。馬車に揺られながらローズは思った。

確かあれは夏の初めだった。薔薇の咲き誇る庭園で子供同士のお茶会が開かれ、最初は大人しくしていたけれど、途中から皆で抜け出して庭を走り回り、大人たちに怒られたのだ。

「楽しみかい、ローズ」

知らず顔が緩んでいたのだろう、向かいに座る将軍が声をかけた。

「……最後に皇宮に行ったときのことを思い出していました」

「そうか。あの頃は皇宮もにぎやかだったな」

将軍も思い出したのだろう、同じように口の端を緩めた。

ローズが公爵家に戻ってから二日たった。今日は今後のことについて皇帝から呼び出されたのだ。ルイスも同席したがっていたが、仕事に行けと上司でもある父親に命じられた。第一騎士団の副団長という肩書きを持つルイスはなかなか忙しいらしい。まだ二十一歳という若さで副団長になるのは将軍の息子ということを考えても異例の早さで、その能力は非常に高いと、ローズがいたオルグレン王国にも彼のうわさは伝わっていた。

そう言ったら「それは全てローズを手に入れる計画のためだったからね」とルイスは答えた。それだけの地位を手に入れて何をするつもりだったのだろう。気になるけれど聞くのも怖い。

ローズたちが通されたのは皇族たちの居住区域にあるティールームだった。

「久しぶりだねローズ。すっかり大人になった」

「お久しぶりです。陛下もお元気そうで何よりです」

「そんな堅苦しい挨拶はいらないよ」

にこにこしながら皇帝はそう言ってイスを勧めた。

「今回のことは大変だったね。疲れは取れたかい」

「はい」

「ローズが追放されたと聞いたときは肝を冷やしたけれど、無事で本当によかった。誰かさんが武装して乗り込みそうな勢いだったからね」

ローズの隣に座った将軍をちらと見やる。

「そうだな、ローズが見つからなかったら全騎士団を使ってでも捜しに行っただろうな」

「全騎士団はやめてくれ」

「近衛師団は残しておいてやる」

「本当にお前の親バカにも程があるな」

「大事な娘だ。当然だ」

「あの……この度《たび》は私のことでご迷惑をおかけいたしました」

だんだん皇帝の眉間のシワが深くなってきたので、不敬と思いつつ慌ててローズは口を挟んだ。

「私が至らなかったせいであのような事件が起きてしまいまして……」

ローズにとって彼らはどうでもいい存在だったから相手にしてこなかったけれど、それがよくなかったのかもしれない。追放されてから、今回のことを回避できなかったかローズなりに考えていた。婚約者を慕うフリをしていればよかっただろうか。家族からの暴言に悲しみ、傷ついて涙を見せていればよかっただろうかと、何度も自問した。

「いや、ローズは何も悪くないよ」

笑顔に戻って皇帝は言った。

「そうだ、そもそも実の父親だからといって、あんな男にお前を渡すべきではなかったし、王子との婚約を認めるべきではなかったのだ」

「そうだなあ、我が帝国の将軍ともあろう者が、こうなることを予測できなかったとは、こちらの落ち度だ。お前だけにローズを任せるのは正直心配だ」

「なんだと」

皇帝の言葉に、今度は将軍の眉間に寄ったシワが深くなった。

「そこで、だ」

にやりと皇帝は口角を上げた。

「ローズは私の養女にすることに決めたよ」

「は？」

将軍とローズは同時に声を上げた。

「お前の養女にだと!?」

「ランブロワ侯爵家と縁を切ってしまえばローズの立場は弱くなる。お前のところはローズにとってこれからは嫁《とつ》ぎ先になるのだから、それとは別に後ろ盾となる実家があったほうがいい。違うか？」

「……それはそうだが」

「ローズが大事なのはお前だけではないのだよ、アドルフ」

皇帝はそう言うとローズに視線を移した。

「マリアは私にとって、いとこというよりも妹のような存在だった。そのマリアが死んでつらい思いをしたローズを私だって守りたいのだよ」

「陛下……」

「陛下じゃなくてこれからは『お父様』だよ、ローズ」

「ふん、御託《ごたく》を並べたが本心はローズにそう呼ばれたいだけだろう」

「ふっ、お前が父親と義父を独り占めしようとするからだ」

「……心配していただきありがとうございます」

再びにらみ合いを始めた二人のやり取りを遮《さえぎ》るように、ローズは口を開いた。

「けれど……私が陛下の養女になるというのはさすがに……」

皇帝の娘など、簡単になっていい立場ではないはずだ。

「ローズは皇家の血を引いている。問題はないだろう」

「ですが……」

「スチュアートとルチアーナもお前が妹になることを望んでいるよ」

「兄……殿下たちが？」

「あれらもお前を可愛がっていたからね。特にルチアーナが張り切っているよ、自分がローズの後見になるのだと」

「ルチアーナ様が……」

「決まりでいいな、アドルフ」

皇帝は将軍を見た。

「ローズはランブロワ侯爵家から除籍し、私の養女とする。そうオルグレン王国にも伝えるからな」

「……確かに、皇家の後ろ盾があったほうが何かといいだろう。しかし」

将軍の目が鋭く光った。

「ローズはこのまま我が家で暮らすからな」

「結婚前に娘を相手の家に住まわせる親がどこにいる。ローズは皇宮に引き取るぞ」

「え……ここに住むのですか」

ローズは思わず声を上げた。

「当然だろう、皇女になるのだから」

「我が家でこのまま暮らすほうがいいに決まっているだろうが」

「これは勅命だぞ」

「そんなもの知るか」

「勅命をそんなもの呼ばわりするな」

ケンカするほど仲がいい、を地で行く二人をこれ以上止める気にもなれず、ローズはそっとため息をつくとティーカップを口へと運んだ。


仕事へ向かった将軍と別れ、ローズは侍女の案内で長い廊下を歩いていた。

(今度は皇帝陛下の養女だなんて……)

ようやく、ルイスと結婚するという現実を受け入れられるようになってきたばかりだ。今回の発《ほっ》端《たん》である夜会からまだ半月もたっていないのに、あの夜の出来事は随分と昔のように思えた。

また現実感がなくなってきてしまい、足元がフワフワする感覚に陥《おちい》りながらローズは案内された部屋の前で立ち止まった。

「ローズ！」

部屋に入ると一人の女性が駆け寄ってきた。ウェーブがかかった明るいプラチナブロンドに宝石のような緑色の瞳を持つ、その場の空気が明るくなる華やかさを持った美女だ。

「ルチアーナ様」

「会いたかったわ！」

皇太子妃ルチアーナはローズの両手を握りしめた。

「ああ、すっかり綺麗になって！　貴女に会えることだけを楽しみにこの国に嫁《とつ》いできたのにいなくなってしまうのだもの、酷いわ」

「え……」

「ルチアーナ……君のほうが酷くないか？」

あきれた響きの声に振り返ると茶色い髪の青年が立っていた。ローズと視線が合うとほほ笑んだ彼の青い瞳と懐かしい笑顔に、ローズは胸の奥に痛みのような熱を感じた。

「スチュアート兄……殿下」

「兄様と呼んでいいんだよ、本当の兄妹になるのだから」

皇太子スチュアートはそう言って手を差し出した。

「お帰りローズ。大変だったね」

「……はい、ありがとうございます、スチュアート兄様」

昔のように答えて、ローズがそこに手を重ねると、スチュアートはそっとローズの手を握りしめた。

「ねえローズ、私のことも姉様って呼んで？」

もう片方の手を自分へと引き寄せると、ルチアーナは妖艶《ようえん》という形容が似合う笑みを浮かべた。

「……ルチアーナ姉様」

「ああ嬉しい！」

破顔するとルチアーナはローズを抱きしめた。

「夢だったのよ！　一緒にお忍びで街に行ったり、おそろいのドレスを着たり……楽しみだわ！」

「ね、姉様……」

ぎゅうぎゅうと抱きしめてくる息苦しさと強烈な歓迎に戸惑って、ローズは助けを求めるようにスチュアートを見た。皇太子妃のルチアーナは隣国マウラ王国の王女で、ローズとはスチュアートとの婚約時代に数回会っただけだ。初めて会ったときから可愛がられてはいたけれど、これほど歓迎されるとは思いも寄らなかった。

「ルチアーナ、そろそろローズを解放してくれないか。私も久しぶりの再会を喜びたいのだが」

「あら、私の大事な妹にまだ触る気？」

ローズを抱きしめたまま、ルチアーナは夫を振り返った。

「……ローズは私の妹なのだが？」

「それが何か？」

眉をひそめたスチュアートを一瞥《いちべつ》すると再びローズに向き直る。

「ねえローズ。今度ガーデンパーティを開くの。正式なお披露目《ひろめ》には時間がかかるでしょうから、まずそこで貴女のお披露目《ひろめ》をしたいわ」

「ガーデンパーティ？」

「お茶会と夜会の間みたいなものね。若い人たちが中心で気軽に参加できるのよ」

譲る気のないルチアーナにため息をついたスチュアートの耳に、ドアをノックする音が聞こえた。

「入れ」

開かれたドアの向こうには、騎士服に身を包んだルイスが立っていた。

「今日は指導日じゃなかったのか」

「全員叩きのめしてきた。今日はもう使い物にならないから終わりだ」

「全員？　帝都で何か起きたらどうするんだ」

副団長のルイスは団員たちの指南も担当している。今日はその指導を行う日なのだが、おそらく一刻も早くローズに会いたくてさっさと終わらせてきたのだろう。ルイスが所属する第一騎士団は皇宮と帝都の治安維持が主な仕事だ。今日の訓練にどれくらいの人数が参加しているかは知らないが、個人的な都合で帝都の警備を手薄にしてほしくない。

「そのときはそのときだ」

たいしたことではなさそうに言うと、ルイスはローズからルチアーナを引きはがした。

「ローズ、帰ろうか」

「あら、ローズは私の妹になるのだからここに住むのよ」

「その話ならさっき父から聞いた。だが今はまだランブロワ侯爵の娘で、エインズワース家で保護している身だ」

ルイスはローズを抱き寄せて二人をにらんだ。

「ローズがどこに住むかは、これから決めることだ。さ、許可は得ているから帰ろう」

とろけるような笑顔をローズに向けると、ルイスはその肩を抱いたまま部屋を出ていった。

「……せっかくの再会なのに。心が狭いわルイスは」

閉ざされたドアを見つめてルチアーナは口を尖らせた。

「君がローズにベタベタするから……」

「あら、ルイスが不機嫌な理由は私ではないわ」

振り返ったエメラルド色の瞳がスチュアートを刺す。

「貴方とローズが接触するのが嫌だからでしょう？」

「……さっき言っていたのは本当か？」

問いを無視して、スチュアートは逆に尋ねた。

「この国に嫁《とつ》ぐのに、ローズに会うことだけが楽しみだったと。君たちは数えるほどしか会っていないはずだが」

「会う前から楽しみにしていたのよ。お祖父《じい》様から散々聞かされていたもの、本当はお祖父《じい》様の元に嫁《とつ》ぐはずだったお姫様の話を」

友好国であったベイツ帝国とマウラ王国の関係を、更に強固にするための政略結婚。それが表向きの理由だったが、実際はマウラの王太子がベイツの姫に一目惚れをしたのだと聞かされていた。

だがそれをエインズワース公爵子息が横から奪ったのだ。

「ローズに会って納得したわ。お祖父《じい》様がいつまでもお姫様のことを忘れられなかった理由……そして先代のエインズワース公爵が彼女を奪った理由を」

ルチアーナは目を細めた。

ローズの名前にふさわしい、思わず手に取りたくなるような美しさと華やかさを持った少女。けれどエインズワースの血が流れている彼女は、棘《とげ》のような、鋭いまなざしを時折見せる。その瞳で見つめられると恐れとともに吸い寄せられるような、惹きつけられる力も感じるのだ。

そんな魅力を持ったローズに、祖父が虜《とりこ》になったという、彼女の祖母である皇女の面影《おもかげ》を見いだすのは難しくなかった。

「私が男に生まれていたら、私が貴方たちからローズを奪っていたわ」

「――君が女性でよかったよ」

スチュアートは息を吐いた。

「ふふっ。私だって戦争は嫌だわ」

一人の姫を巡り、友好国の間で戦争が起きかけた強奪劇。その和解の証として孫世代のスチュアートとルチアーナの結婚が決まったのだ。

それに対してスチュアートに不満はない。政略結婚は自分の義務だと分かっているし、ルチアーナとの仲も良好だ。彼女は妃として優秀で、女性にしておくには惜しいくらい政務能力にも長《た》けている。そんな彼女が王妃になることはこの国にとっても有益だ。

「……エインズワースの人たちは狡《ずる》いわね」

独り言のようにルチアーナはつぶやいた。

「狡《ずる》い？」

「あれだけの地位と権力を持ちながら、己の望む伴侶を手に入れられる自由も持つなんて」

今度は穏やかな、悲しみを含んだまなざしがスチュアートを見た。

「己の恋に忠実な家臣の尻拭《しりぬぐ》いをさせられる皇家も大変ね」

「……エインズワースのおかげでこの帝国の安全が保たれているからな。その対価と思えば仕方ない」

皇家がその恋を認める限り、エインズワース家が帝国を裏切ることはない。そうやってこの国は繁栄してきたのだ。

「そのために貴方は自分の心を犠牲《ぎせい》にするのね。でも完全には諦めきれない、と」

「……なんの話だ」

「ローズを陛下の養女にするよう進言したのは貴方でしょう？　スチュアート。貴方の考えていることは分かるわ。私たち、似た者同士ですもの」

「似た者？」

「言ったでしょう、私が男に生まれていればって」

ルチアーナはゆっくりと目を細めた。

「あの子を手に入れる方法は結婚だけではないもの。花は手折らなくても、育てて咲かせる楽しみもあるものね」

「……君が妻でよかったよ」

互いの心を読むように、しばらく無言で向き合うと、スチュアートはため息をついた。

「ふふっ、私もよ。ここに嫁《とつ》いでこられてよかったわ」

「ローズを苦しめることはしないでくれ」

「あら、それはこちらが言いたいことだわ」

ルチアーナと笑みを交わすと、スチュアートはふと真顔になった。

「しかし……なぜオルグレンの王子はローズを追放したのだろうな」

それは今回の騒動を聞いて真っ先に抱いた疑問だった。ベイツ帝国の者たちが宝物のように大事にしてきたあの美しい薔薇を、自ら手放してしまうとは。

「愚かな王子様や向こうの家族にはローズはまぶしすぎて、彼女の本当の姿が見えなかったのよ。婚約させられたのが第二王子でよかったわ。もしも相手が王太子だったらきっとローズを手放さなかったでしょうし、ローズも王太子のことを好きになったかもしれないわね」

笑顔で答えたルチアーナの瞳が一瞬鋭く光った。思わず目を見開いたスチュアートにくすり、と笑みを浮かべた。

「それだけ優秀な方よ、王太子殿下は」

「――相手が第二王子でよかったな」

心からそう思い、スチュアートはため息をついた。


「ルイス、どこへ行くの？」

帰ると言ったのに、ルイスはローズの手を引くと皇宮内の庭園へと向かっていた。生け垣で造られた通路を通り抜け、ようやく足を止めたときには庭園の奥まで来ていた。

「ルイス……」

くるりと振り返ると、ルイスはローズの頬を両手で包み込んだ。

「ローズ。大丈夫だった？」

「え？」

「スチュアートと会って」

目を丸くしたローズは、相手の言いたいことを理解してほほ笑んだ。

「大丈夫よ。言ったでしょう、もう子供のときの思い出だって」

「じゃあどうして、そうやって目を泳がせるんだ？」

ルイスの言葉にピクリと肩が震える。

「やっぱりまだ好きなのか？　スチュアートのことが」

スチュアートはローズの初恋相手だった。

やんちゃなルイスより一つ年上のスチュアートは子供の頃から落ち着いた性格だった。ローズはその大人びた雰囲気に憧れて、やがて彼に向ける思いは淡い恋心となった。ローズが十歳のときにスチュアートが婚約したと知って、独りで泣いていたのをルイスに見られたのだ。

「……思い出だけどあのときの感情を忘れたわけじゃないもの。動揺するのは仕方ないじゃない」

ローズは口を尖らせた。

「でも昔のことよ。今はスチュアート兄様とルチアーナ姉様が結婚してよかったと思っているわ」

初めて会ったときに、綺麗で優しいルチアーナに全力で可愛がられて、好意を抱かないはずがない。スチュアートの相手がルチアーナでよかったと、心から思ったのだ。

「本当に？」

不安そうにルイスは眉を下げた。

「信じてくれないの？」

「ローズもエインズワースの血を引いているから……」

それとなんの関係が、と言いかけて、ローズは伯母から聞いた話を思い出した。一度決めた相手を決して諦めないというエインズワース家の気質を。

「ルイス……私は、貴方や伯父様とは違うわ」

婚約の話を聞いた頃は悲しかったけれど、スチュアートへの思いはすぐに割り切れたのだ。

「――不安なんだ。相手がスチュアートだから」

ルイスはローズを抱きしめた。

「スチュアート兄様は結婚しているし、私は義妹になるのよ」

それにローズはルイスと結婚することがほぼ決まっているのだ。なぜ不安になるのだろう。

「だけどあいつは……」

「え？」

「……いや、なんでもない」

ルイスの言葉にローズは首をかしげたが、それきりルイスは黙り込んでしまった。

「帰ろうか」

しばらく抱きしめていたローズを解放すると、ルイスは何事もなかったように笑顔を見せた。

「本当に帰っていいの？」

「俺の仕事はもう終えたからな」

「指導日って……騎士団の人たちの？」

「ああ。今日は剣技の手合わせをしていた」

「剣技……」

つぶやいて、ローズは目を輝かせた。

「ルイス。私とも手合わせしてほしいの」

「え？」

「向こうに行ってから剣を握っていなかったの。きっと腕が鈍ってしまっているわ」

自分なりにダガーの練習や身体の鍛練は欠かさなかったけれど、さすがに長剣を手に入れたり振り回したりすることはできなかった。それも向こうでの生活に不満を持っていた理由の一つだ。

「それは問題だな」

一瞬ルイスの表情が鋭い騎士のそれに変わり、すぐに元の柔らかな笑顔に戻るとローズに手を差し出した。

「相手がローズだからといって手加減はしないからな」

「それは望むところだわ」

差し出された手を取ると、ローズは笑顔を向けた。

＊＊＊＊＊

「ローズ姉様！」

アトキンズ伯爵家の屋敷に入るなり、待ち構えていたライラが抱きついてきた。

「まあライラ。お客様にはきちんと挨拶しないと」

伯爵夫人の声に、ライラは慌ててローズから離れるとスカートの裾をつまんだ。

「ようこそお越しくださいました」

「お招きありがとうございます」

可愛らしい淑女の挨拶に、ローズもほほ笑んで挨拶を返した。

「毎日のようにローズ様のことをお話しするんです。一緒に旅をしたことがよほど楽しかったようですわ」

　夫人が言った。

「私も楽しかったです」

　ルイスという兄代わりはいたけれど、姉妹がいないローズにとっても、自分を慕ってくるライラと一緒に過ごした時間は、新鮮で楽しいものだった。

「姉様、今日は私の大好きなお菓子を用意したのよ」

　ライラに手を引かれて応接室へ移動すると、そこには見た目も美味しそうな焼き菓子や果物が食べきれないほど並んでいた。

「それではローズ様はエインズワース家の嫡男とご婚約なさるのですね」

　お茶を飲みながら、ローズが自身の今後を話すと夫人はほほ笑んだ。

「おめでとうございます」

「ありがとうございます」

「ローズ姉様はずっとこの国にいるの？」

「ええ」

「嬉しいわ」

　ローズがうなずくとライラは満面の笑みを浮かべた。

「ライラも婚約者を決めようというお話が出ていますの」

「まあ、もうですか」

貴族の婚約は早いとはいえ、ライラはまだ七歳だ。さすがに早すぎるのではないだろうか。

「ライラはお婿《むこ》さんを迎えないとなりませんの。……私はもう子が作れないものですから」

夫人は視線を落として言った。見た目は問題がないように見えるが、夫人は身体が弱いと聞いたことをローズは思い出した。

「ご紹介いただいて、ファーノン伯爵家の三男とのお話を進めているのですが……」

「ジョルジュ様というのよ。先週初めてお会いしたの。三つ年上でとても優しくて、私のこと可愛いって言ってくれたの」

ライラが言った。ほんのりと頬を赤くしたその表情から、彼女がその相手に好意を抱いていることが分かる。そんな娘を愛しげに見つめていた夫人はローズへ視線を移した。

「そのファーノン家ですが……家柄は悪くないものの、羽振りがよすぎるのが気にかかりまして」

「羽振りがよすぎる？」

ローズは首をかしげた。

「去年くらいから急に金遣いが荒くなり、身なりも派手になったようで……」

「それは気にかかりますね」

「大事な一人娘ですし、この家に迎えるのですから、お相手は慎重に選びたいのですが……紹介してくださったのが主人の上司なので、疑うのも失礼になってしまいますし」

「そうですか……私はまだこの国の貴族のことは詳しくないのですが、伯父に聞いてみましょうか」

おそらく、夫人はそれを期待してローズにこの話をしたのだろう。そう思いローズは言った。

「まあ、ありがとうございます。どうぞよろしくお願いいたします」

ほっとした顔で夫人は礼を言った。


「ファーノン伯爵か。長男は騎士だったな」

エインズワースの屋敷へ帰り、夕食の席で話をすると将軍は少し考えてルイスを見た。

「第三騎士団にいます」

「伯爵には、確か違法賭博に手を出しているとのうわさがあったな」

「違法賭博？」

ローズは聞き返した。

「社交の場として公営賭博があるが、それ以外に過剰な金品を賭ける裏賭博がある。公営賭博では賭けられないような高額の金品を賭けることができるからな、そのスリルがたまらないらしいが破滅する者も少なくない」

「取り締まるのは、やっぱり難しいのですか？」

オルグレン王国でもそういうものがあると聞いたことがある。胴元は高位貴族の場合も多く、名前を隠されているのでその根本を潰すのは難しいという。何より、そういった刺激を求める者がいる限り違法賭博がなくなることはないのだと。

「そうだな。刃傷沙汰でも起きない限り、こちらからは手が出しにくい」

「結局、賭博に手を出す自身が悪いということになるな」

将軍とルイスが答えた。

「そうなの……でも、ファーノン伯爵が違法賭博をしているかは知りたいわ」

ライラを心配する夫人の顔を思い出してローズは言った。

「……そういえば昨日、第三騎士団の連中が賭博に行くと言っていたのを聞いたと、部下から報告があったな」

思い出したようにルイスが言った。

「禁じられているわけではないが、騎士が賭博場に出入りするのは好ましくは見られないから、行くなら違法賭博のほうだろう」

「その中にファーノン伯爵の息子がいる可能性はあるのね」

「ああ」

「それはいつ行くのかしら」

「確か三日後だと言っていたから、明後日《あさって》だな」

「その賭博場へ行ってみるわ」

「は？」

ローズの言葉に、夫人を含めた三人は声を上げた。

「まさかローズが行くつもりか？」

「それはだめだ、危険だ」

「そうよ、いけないわそんなこと」

「賭博場は危険なのですか？」

口々に抗議する三人にローズは聞き返した。違法とはいえ、場所自体は危険ではないように思う。

「違法とは公《おおやけ》の目から隠れているということだ。中で何が行われているか分かったものではない」

「でも女性客だっていますよね」

「そもそも、ローズは伯爵も息子の顔も知らないだろう」

ルイスが言った。

「知らなくても捜すことはできるんじゃないかしら」

「だったら代わりに俺が行く」

「ルイスが行く方が問題でしょう」

第一騎士団副団長という肩書きを持ち、しかも将軍の息子という立場のルイスが違法賭博場に行くのはさすがにまずいだろう。

「ルイス、まずはその明後日《あさって》開かれるという違法賭博について調べてこい」

将軍はそうルイスに命じた。


翌日。帰ってきたルイスはローズに一通の封筒を渡した。

「これは……招待状？」

「ああ、明日のだ。表向きは仮面舞踏会ということになっていて、その裏で賭博を行うらしい」

「場所はどこだ」

将軍が尋ねた。

「最近できた迎賓館《げいひんかん》ですよ、シャルル商会が建てた」

「シャルル……ああ、あの胡散臭《うさんくさ》いところだな」

「胡散臭《うさんくさ》い？」

「珍しいものを取り扱うと人気だが、流通経路が怪しいものもある。確かに、違法賭博をしていてもおかしくはなさそうだな」

「ファーノン伯爵の長男バリーが仲間にその招待状を配っていたとか。第一騎士団でも受け取った者がいて、そいつから手に入れました」

「そうか……ファーノン伯爵も関わっている可能性があるか」

「伯爵はシャルル商会に出資しているようです」

「今日一日でそこまで調べたの？」

ローズはルイスに尋ねた。

「騎士団にも諜報《ちょうほう》部門はある。何かあったときにすぐ動けるよう、常に貴族や商人の情報は手に入れているんだ」

「そうなの……じゃあ、この招待状を持っていけば入れるのね」

「ローズはだめだ」

ルイスはローズの手から招待状を取り上げた。

「どうして？　仮面舞踏会なら身元を知られず参加できるでしょう？」

「仮面舞踏会なんて誰がいるか分からない場所に行かせられるか」

「だが、どのみち参加するならパートナーが必要なようだな。そう指定されている」

ルイスが取り上げた招待状を手に取り、開いた将軍が言った。

「じゃあやっぱり私が……」

「だめだ」

ローズの言葉を遮《さえぎ》ると、ルイスはローズの不服そうな表情を見てため息をついた。

「どうしてそんなに行きたがる。アトキンズ伯爵に世話になったからか」

「それもあるけれど、ライラの幸せのためだもの。あの子は妹のような存在なの。可愛い妹に悲しい思いをさせたくはないわ。ルイスだって分かるでしょう？」

大事な妹が好意を抱いている相手の家に不安要素があるならば、それを確認したいし取り除きたい。そう考えるのは自然なことだとローズは思った。家族を大事にするエインズワースの人間ならばその気持ちは分かるはずだ。

「仕方ない。ルイスとローズ、二人で行ってくるがいい」

「はい！」

将軍の言葉にローズは目を輝かせた。

「父上……」

「エインズワースの人間は頑固で己の意志を曲げない。お前もよく分かっているだろう」

抗議しようとしたルイスに将軍はそう言った。それに、この国でローズより剣の腕が立つ女性はいないだろう。愛娘を危険にさらしたくはないが、ローズの腕を信用しているのだ。

「気をつけるのだぞ。危険な目に遭ったら遠慮なく暴れていい。尻拭《しりぬぐ》いはこちらでするからな」

「ありがとうございます」

将軍の言葉にローズは満面の笑みで答えた。

＊＊＊＊

「仮面舞踏会というからもっと怪しい雰囲気かと思ったけれど。中は普通なのね」

ルイスのエスコートで会場に入ると、ローズは周囲を見回した。

豪華なシャンデリアがいくつも吊り下げられ、多くの花で飾りつけられた煌《きら》びやかな会場の中では大勢の男女が踊っていた。音楽を奏でる楽団員や給仕係なども含めて全ての人間が仮面をつけている以外は、普通の舞踏会と変わらない。

「とても華やかで綺麗だわ」

「財力を誇示したいんだろう」

ルイスはあまり興味がなさそうに答えた。

「ところで、顔が見えないけれど誰がバリー・ファーノンか分かるの？」

「ああ、騎士なら身体つきを見れば見当がつく」

「……本当に？」

「体形や姿勢、クセは皆違うからな」

「すごいわ」

ローズも体格で相手が鍛えているかは分かるが、さすがに個人を特定するまではできない。

「鎧を着ると顔で個人を認識できなくなる。だから姿勢や動きで判断しないとならないんだ」

「なるほど……」

「しかし。初めてのエスコートがこんな姿とはな」

ローズを見てルイスは小さくため息をついた。

素性がバレないよう、ルイスは黒髪のウィッグを被り、田舎《いなか》の貴族や裕福な平民が身につけるような、黒地に派手な装飾をつけた夜会服を着ている。ローズはこの国のほとんどの人間に知られていないけれど、万が一を考えて仮面の下にはそばかすを散らし化粧も野暮《やぼ》ったくし、ドレスも幼い印象を与えるフリルがたくさんついたものを着用している。急遽《きゅうきょ》入手したドレスはローズには少し大きく、それがより田舎《いなか》から出てきた令嬢らしく見せていた。

「私は楽しいわ。誰にも注目されないもの」

オルグレン王国にいたときは、宰相の娘であり第二王子の婚約者として常に周囲の視線を浴びていた。おそらく今後も皇女として、ルイスの婚約者として注目を浴び続けるのだろう。誰にも知られていないこの場の空気がローズには新鮮で面白かった。

「そうか。とりあえず一曲踊るか？」

「ええ」

二人はダンスに興じる人々の中へと入っていった。

「ルイスと踊るのは久しぶりね」

「ああ」

以前ローズが帝国にいたときはよく二人でダンスの練習をしていた。最初は遊びで、やがてそれを見た夫人が本格的に指導を始めた。ダンスが得意な夫人による特訓のおかげで、王国へ戻りお妃教育が始まってもダンスの授業はとても楽だった。

「踊ること自体、あのとき以来だな」

「まあ、そうなの？」

「ダンスは好きじゃない」

そう言いながらもルイスのリードはスムーズで踊りやすい。オルグレン王国では何人もの相手と踊ったけれど、幼い頃ずっと踊っていたからか、ルイスとの相性が一番いいと感じた。

「でも、これからはたくさん踊らないとならなくなるでしょう？」

「ローズとならいくらでも踊れるさ」

笑ってそう言ったルイスの視線がふと会場の隅へと移った。

「……いるな」

「見つけたの？」

「あそこにいる男女六人。男三人は第三騎士団の連中だ」

ルイスが促した先、料理が並べられている方を見ると確かに若者らしき六人がいた。

「青い仮面とタイがバリー・ファーノンだ」

「分かったわ」

演奏が終わると二人は踊りをやめ、六人がいる方へと向かった。ドリンクを選んでいるふりをしながらさりげなく近づいていく。

「え、なんで？　踊ろうよ」

「ダンスなんて習ったことないもの」

「恥ずかしいわ」

「大丈夫だって。仮面をつけてるんだから誰だか分からないだろう？」

「皇宮で働いてるんだったらダンスくらい踊れないと。いつパーティに参加するか分からないし」

「私たち平民が参加する機会なんかないわよう」

「……どうやら侍女を誘ったようだな」

彼らの会話に聞き耳を立てていたルイスが小声で言った。

「騎士と侍女の組み合わせはオルグレン王国でもよくあったわ」

平民でも侍女として皇宮や王宮で働くことができるし、騎士にもなれる。彼らにとって王宮は仕事場だけでなく、貴族や地位のある相手と出会うことのできる場所でもあった。

「でも、伯爵家の長男が平民の侍女とお付き合いするのかしら」

「遊びか妾《めかけ》候補だろう。騎士はモテるからな」

（ルイスもモテるのでしょうね）

公爵家の嫡男で将来が約束されているルイスだ、寄ってくる女性は大勢いるだろう。そう思いいたったローズは胸の奥に何かモヤっとしたものを感じた。不快に感じるそのモヤモヤしたものに内心首をかしげていると、六人の男女は踊りの中へと入っていった。

「どうする？　俺たちもまた踊るか？」

ルイスが尋ねた。

「ファーノン伯爵はいないのかしら」

「伯爵は騎士ではないから見つけるのは難しいな」

そう答えながらルイスは周囲を見回す。

「違法賭博場を探すのが早そうだ」

「そうね」

「本日はようこそお越しくださいました」

会場から出ようとすると声が聞こえ、振り返ると仮面をつけていない中年男性が立っていた。

「私、ピーター・シャルルと申します」

男はそう名乗った。この仮面舞踏会の会場である迎賓館《げいひんかん》を建てたシャルル商会の会長だ。

「不躾《ぶしつけ》とは思いますが、先ほどお見かけしたお二人のダンスがとても見事でしたのでお声がけいたしました」

「はあ……」

ローズとルイスは顔を見合わせた。

「お嬢様は素敵なドレスをお召しですね。それにそのアクセサリーもとてもお美しい」

「……ありがとう。帝都見物の記念にお父様に買っていただいたの」

ローズは胸元に光るルビーのネックレスに触れる。

「ほう、帝都にお住みではないのですか」

「父様がお仕事で帝都に行くというから、兄様と一緒に連れてきてもらったのよ」

ローズはそう答えてルイスを見た。

「お二人はご兄妹ですか」

「はい。父の友人から今夜の招待状を譲っていただきました」

ルイスが答えた。

二人は地方から出てきた裕福な下位貴族の兄妹という設定で衣装を用意した。ローズが身につけているネックレスとイヤリングは保管してあった公爵家への贈り物の中にあったもので、宝石の質はよいけれど装飾が過剰で「これなら見た目が派手なものを好む成金に見えるわね」と公爵夫人が笑いながら選んでくれたものだ。

「さようでございましたか。今宵《こよい》は楽しんでいただけていますか」

「ええ、とっても。こんな華やかな装飾は初めてだわ。でも……」

ローズは頬に手を当てて首をかしげた。

「仮面舞踏会って、もっと怪しいものだと思っていたのに。普通の舞踏会と変わらないのね」

「――ほう。それは刺激が足りないということでしょうか」

商会長の目が光った。

「帝都には、領地にない珍しいものがたくさんあると聞いて楽しみにしていたのよ」

「さようでございますか。……お求めになられているものかは分かりませんが、実はこの奥で面白い体験ができるのです」

声をひそめて商会長は言った。

「面白い体験？」

「カードゲームなのですが、特別なお客様だけにご案内しております。ぜひ初めて帝都を訪れたお二人にもご経験していただきたいですね。見学だけもできますので、いかがでしょう」

「行ってみたいわ、兄様」

ローズがルイスを見上げると、ルイスは同意するようにうなずいた。お金のある田舎者風《いなかもの》の装《よそお》いをすれば、カモだと思われて賭博場に入れるかもしれない。そう考えたのだが、こうすぐに商会長自ら声をかけてくるとは。

二人を連れて商会長は二階へと上がり、長い廊下を奥へと進んでいった。その途中には用心棒だろう、腰に短剣を下げた体格のいい男たちが立っている。

「こちらです」

案内された部屋には四つの丸テーブルがあり、そのうちの一つに仮面をつけた四人の男がいた。

「失礼いたします」

「ああ商会長。そちらは？」

「帝都見物に来られたご兄妹です。珍しいものが見たいとのことですので、見学していただこうと」

「そうか。ちょうどよかった、これから人生をかけた大一番が始まるところですよ」

商会長に声をかけられた、顎鬚《あごひげ》を生《は》やした男が言った。

「大一番？」

「我々は全貯金を賭け、ポーカーで勝負するのです」

「全貯金？　そんなに賭けて大丈夫なの？」

思わずローズは尋ねた。公共の賭博では賭け金に制限があり、全貯金などというのはありえない。

やはりこれは違法賭博なのだろう。

「遊び金を賭けても面白くない者たちがここに集まるのですよ」

商会長は笑顔でそう答えた。

「……あの髭《ひげ》の男がファーノン伯爵だ」

他の誰にも聞こえないくらいの小声でルイスはローズにささやいた。特徴的な形の髭《ひげ》なので分かったらしい。ローズは小さくうなずいた。

「では今度は私がディーラー役ですね」

男がカードの束を手に取ると手際よくカードを切った。それぞれの前に五枚ずつ配っていき、残りをテーブルの中央に置く。

「ミスター、どうなさいますか」

ディーラー役は隣に座る男に声をかけた。仮面で顔が見えないが、まだ青年と言っていい年齢だろう、その男は真剣な表情で手持ちのカードを見つめた。

「……二枚、ドローだ」

震える声でそう答えて、青年は二枚のカードを捨てるとテーブルに置かれたカードの山から二枚取った。そのカードに書かれた数字を見た青年の喉がごくりと鳴る。

「一枚ドローだな」

もう一人の男が言った。

「私はこのままでいい」

「では私は二枚ドローで。先ほど決めたとおり、これで決定ですね」

伯爵のあとにディーラー役がそう言って、交換したカードを含めた五枚をテーブルに出すとため息をついた。

「フルハウスを狙ったのですが、ツーペアでした。欲を出しましたね」

「私はワンペアだ。まったくだめだったよ」

「ミスターは？」

「――フラッシュだ」

伯爵が青年に声をかけた。

青年がぎこちない動きでマークのそろった手札を広げると、おおっと男たちが声を上げた。

「これはすごいな」

「伯爵は？」

ディーラー役が尋ねると、伯爵は無言で手札をテーブルの上にのせ、ゆっくりとそれを広げた。

「フォーカード！」

「伯爵の勝ちだ！」

歓声が上がる中、青年だけが無言でテーブルを凝視《ぎょうし》していた。

「やはり伯爵は勝負強いですな」

商会長が笑みを浮かべながら男たちへ近づいていった。

「それでは皆様、お賭けいただいた小切手は全て伯爵様へ」

「いやあ、まいったな。また金を稼がないと」

「妻になんと言い訳するか、悩みますな」

他の者たちが楽しげに言い合う中、青年だけが全身の力がなくなったように動けずにいる。

(なるほど……あの人がカモなのね)

勝負の様子を見つめていたローズは内心うなずいた。

「お二人もいかがですか」

商会長がローズたちを見た。

「そんなにお金を賭けられないわ。父様に怒られてしまうもの」

「お試しですから少額で大丈夫ですよ」

「兄様、どうする？」

ローズはルイスを見上げた。

「少しだけ試してみるか」

「さあ、どうぞこちらのテーブルへ」

まだ動けない青年を一人残して皆が別のテーブルへ移動する。促されるままローズたちもイスに座るとポーカーが始まった。銅貨や銀貨を賭けながら、勝ったり負けたりを繰り返すうちにローズの持ち金がなくなったので身につけていたネックレスを賭けに出した。

(こうやってだんだん夢中にさせていくのね)

少しずつ賭け金が高くなるように誘導されていくのは感覚を狂わせるためなのだろう。彼らの手口を分析している間にルイスの手持ちもなくなった。

「これで終わりだ」

降参だというようにルイスは両手を上げた。

「それは残念ですね」

「もう少しやりたかったわ」

「それでは最後に大勝負をしてみませんか」

名残惜《なごりお》しそうなローズの言葉に、伯爵が笑みを浮かべた。

「大勝負？」

「私はこの席で得た金額と、先ほど勝った金を全て賭けましょう」

「ああそれは面白い。私もこの席で得た金を」

「私も」

男たちが口々に同意する。

「……でも、私たちもう賭けるものがないわ」

「その指輪はいかがですか」

伯爵はローズの左手を指さした。

「これは……とても大事なものよ」

ローズは右手で指輪を隠した。この指輪だけは本当にいいもので、ネックレスと同じルビーでも質がずっといいし細工も丁寧だ。代々公爵家に伝わる品でローズの母親も愛用していたという。

「大切なものだから賭ける価値があるのですよ」

「さあ、始めましょう」

拒否する暇を与えず、先刻のテーブルで最後にディーラー役だった男がカードを手に取る。

「ああ、これは角が折れていますね。新しいカードを出しましょう」

商会長が新しいカードの束を渡すと、ディーラー役は念入りにそれを切り、配り始めた。

「ねえ」

三枚目のカードを伯爵の前に置いたところでローズがふいに大声を上げるとディーラー役がびくりと肩を震わせた。

「……突然どうしましたか」

「どうして、袖からカードを出すの？」

「は？　なんのこと……」

ルイスが素早くディーラーの袖をつかんだ。コートとシャツの間から二枚のカードがぱらりと落ちてくる。ローズが伯爵の前に置かれた三枚のカードを表へ返した。

「ストレートフラッシュね」

カードの数字を確認すると、ローズはディーラー役を見た。

「シャッフルしながら一番下にそろえていたカードを袖の中に入れていき、それを伯爵の前に配る。さっきとイカサマのやり方が同じよ。他にないのかしら」

「……イカサマ……？」

奥のテーブルで呆然としていた青年が口を開く。

「そう、この人たちはグルになって貴方をだましたの。違法賭博の上にイカサマなんて、この賭けもさっきのも無効ね」

ローズは手を伸ばすとテーブルに置かれた小切手の束を取り、それを破った。

「面白かったけどズルはつまらないわ。帰りましょう兄様」

「ああ」

「ま……待て！　お前ら何者だ！」

ローズたちが立ち上がると商会長が叫んだ。

ディーラー役の男はその腕の確かさと速さで、これまで何度もイカサマを成功させてきたし、誰にも見破られることはなかった。それを田舎《いなか》娘があっさり見破るとは。

「何者って、観光客よ」

ローズは振り返った。

「見たかったものは見られたし、今日のことを口外するつもりはないわ。それではごきげんよう」

ドレスの裾をつまんで軽くお辞儀をすると、ローズはルイスが差し出した手を取り、部屋から出ていこうとドアに向かった。

「この二人を逃すな！」

バタン！　と出口とは反対側、奥のドアが開くと数人の男たちがなだれ込んでくる。

「捕らえろ！」

一人の男がローズにつかみかかろうとした。ローズが身を屈《かが》めるとルイスがその腕を取り男の身体を床へ沈め、駆け寄ってきた別の男の顔を蹴り上げる。男は壁へと叩きつけられた。

「このっ」

また一人、男がローズへと向かってきた。ローズは素早く避《よ》けながら男の背後へ回り込み、腰に下げた短剣を奪い取った。柄を男のみぞおちへ強く打ち付けると男はうめきながらよろめき、その隙にさらに男の首筋へ柄を打ちつける。

「何事だ！」

出口のドアが乱暴に開くと廊下にいた男たちが飛び込んできた。彼らが状況を把握するより先にローズとルイスが男たちへと駆け寄る。二人によって男たちが次々と倒されていくのを、伯爵や商会長たちは呆然と見つめることしかできなかった。

「せっかく見逃してあげようと思ったのに」

倒れた男たちを見回してローズは小さくため息をつくと、伯爵へと歩み寄った。

「わ、私は伯爵だぞ！　私に手を出せば……」

ローズが手にした短剣が銀色の光を放った。パキン、と音を立てて仮面が割れ、床に落ちる。

「貴方がファーノン伯爵ね」

ローズは仮面とともに落ちた髭《ひげ》を拾い上げた。

「この髭《ひげ》は貴方が違法賭博とイカサマに手を出していた証拠としてもらっていくわ」

「なっ……」

「父上！」

ダンス会場にいたファーノン伯爵の息子バリーとその仲間たちが駆け込んできた。

「これは……」

「バリー！　そいつらを捕まえろ！」

「えっ……は」

一瞬動揺したバリーは、けれどすぐに身構えた。仲間と三人でルイスを取り囲み、捕獲しようと飛びかかってきたバリーをルイスはあっさりとかわし、逆にその身体を床に押さえつける。

「こいつっ」

仲間たちがルイスに襲いかかろうとするのを軽くいなしてその身体を突き飛ばすと、ルイスはため息をついた。

「騎士のくせにやみくもに飛びかかってくるだけとは。第三騎士団の指導はずいぶんと手ぬるいようだな」

バリーは目線だけを上げた。

「こんな場所で侍女と遊ぶ暇がないくらい鍛錬させるよう、団長に進言してやろう」

「な……何者だ……」

「そんなことも分からないか、未熟者が」

ルイスの鋭い視線が部屋の外へ向くと、長剣を持った十人以上の男たちが飛び込んできた。

「二人を捕まえろ！」

商会長が叫んだ。

「女を先に狙え！」

一人の男がローズに向かって剣を振り上げた。だがそれが振り下ろされるより早くローズは身を翻《ひるがえ》すと男の腕をつかみ、ひねり上げた。

「うっ」

「兄様！」

男の手から落ちた剣を奪うとそれをルイスに向かって投げる。

「帝都内では騎士以外が長剣を所持することは禁じられているはずだが」

剣を受け取ったルイスは男たちへ飛び込んでいった。一人の持っていた剣を剣で弾き飛ばすと柄で相手の腹部を突く。二人目も同様に倒すうちにウィッグが外れ落ちた。

「……その髪と剣さばき……まさか……」

未《いま》だ起き上がれないバリーが目を見開いた。

「エインズワース副団長……」

「エインズワースだと⁉」

「将軍家の⁉」

男たちがざわめいた。

「……正体を明かすつもりはなかったが」

チッと短く舌打ちするとルイスは仮面をはぎとった。

「な、なんでここに……」

帝国内でエインズワースの名を知らない者はいない。皆が動揺する隙にルイスはあっという間に剣を持った男たちを全て倒していった。

（かっこいい！）

剣を使っているのに血を流すことなく、全員を倒してしまったルイスの鮮やかな剣技にローズは仮面の下で目を輝かせた。腕力の足りないローズには、剣を使いながらも相手を切ることなく大勢を倒す立ち回りは難しいのだ。

（普段の優しい顔もいいけれど、戦うときの顔も好きなのよね……）

好き、という言葉が脳裏に浮かぶとともにローズの胸がどくんと震えた。

（……初めてルイスの実戦を見たからかしら）

ドキドキながら顔も熱くなっていくのをローズが感じていると、ルイスはファーノン伯爵の前に立った。

「……な……なぜ貴方がこのような場所に……」

「個人的に頼まれた。大事な娘の婿《むこ》になる予定の家が怪しいから調べてほしいと」

「娘婿《むすめむこ》？　……まさか、ジョルジュの……」

「今日のことはありのまま先方に報告する。婚約話を破棄するか続行するかは向こうが判断するが、家名に傷がつくような縁談は誰も望まないだろう。お前は息子の未来を潰したな」

「お相手の令嬢は御子息のことを気に入っていたのに。残念ね」

「あ……」

ルイスとローズの言葉に伯爵の顔色が変わった。伯爵家とはいえ三男ともなると継げる爵位もなく、貴族として生きていくには他家の養子となるか婿《むこ》入りするしかないだろう。アトキンズ伯爵家との縁組はかなりいい話だったはずなのに、それを潰してしまったのだ。

（ライラがかわいそうだわ。それにお相手の子も）

嬉しそうにジョルジュの話をしていたライラの顔を思い出してローズは心苦しくなった。

「ジョルジュ……」

がっくりとうなだれた伯爵を横目に、ルイスが商会長へと歩み寄ると、ひぃっとその喉から小さな悲鳴がもれた。

「今回は伯爵が違法賭博に手を染めているか確認するのが目的だ。違法賭博自体を咎《とが》める予定はなかったが、騎士として違法な帯剣は見逃せない」

ルイスの視線が倒れたままの男たちを捉《とら》えた。

「も……申し訳ございません！」

ガバッと商会長はその身を投げ出すように身体を伏せる。

「もう二度とこのような者たちを雇うことはいたしません！　どうかご容赦を……！」

声を震わせ頭を床にこすりつけながら商会長はそう訴えた。

「兄様」

ローズはなりふり構わない商会長をあきれて見下ろすルイスに近寄ると、そっと耳打ちした。

「ならば、その者たちを警備所に突き出せ」

「は、はいっ」

「お前たちは特別に第一騎士団の訓練に参加させてやろう」

ルイスはバリーたち第三騎士団の騎士たちを見た。

「俺が直接心身を鍛え直してやる」

「……副団長の地獄の特訓……！」

「逃げ出せば軍法会議に突き出すからな」

顔が青ざめた三人へ向けた険しいまなざしを緩めると、ルイスはローズに手を差し出した。

「用は済んだ。帰るか」

「はい、ルイス兄様」

手を重ねると二人は部屋から出ていった。

「……あの女は何者なんだ……」

「副団長に妹などいないはずだ」

「かなり腕が立つようだが……」

騎士たちは閉ざされたドアを見つめてつぶやいた。

＊＊＊＊

「お嬢様に来客です」

「私に？」

侍女の言葉に、ローズは読んでいた本を置くと首をかしげた。まだ身分が定まらないローズが公爵家にいることを知っている者はごく限られており、そんな自分に来客があるとは思えない。ライラが来たのだろうかと考えたけれど、数日前に会いに行ったばかりだ。

応接室に行くと一人の男が座っていた。その顔を見てローズは目を見開いた。

「突然の訪問、お許しください」

男は立ち上がると礼を取った。

「ブルーノ・アビントンと申します。本日はオルグレン王国王太子の使者として参りました」

「……それは、ありがとうございます」

男に座るよう促し、ローズもソファに腰を下ろした。ローズに向いていたブルーノの視線がわずかにローズの背後へと流れる。

「席を外してもらえるかしら」

ローズは背後に立っている侍女たちを振り返った。

「ですが……」

「この方は大丈夫よ」

ローズの言葉に頭を下げると、ドアを開いたままで侍女たちは下がっていった。

「まさか、堂々と来るとは思いませんでした」

ローズはブルーノを振り向いた。

「公爵家には侵入しないように言われましたから。確かにここの警備は厳重ですね」

ブルーノはそう答えて笑みを浮かべた。エインズワース公爵家の屋敷周辺は幾重もの壁に覆《おお》われ、あちこちに罠が仕掛けられている。また一見普通の侍女や侍従たちも、その視線の配り方や動きなどから相当の訓練を積んでいることが察せられた。

「アビントン……伯爵家でしたね」

「しがない三男坊ですよ」

「本名なの？」

「表の顔も持っているんです。普段は王太子の使い走りが仕事です」

「あら、使い走りなのは『裏』もではなくて？」

「人使いが荒い方なんですよね」

ふう、とブルーノはため息をついた。この目の前にいる、人がよさそうで愛嬌《あいきょう》のある外見の男が、「影」としてときに手を血に染めることも厭《いと》わない仕事をしているとは想像もつかないだろう。だからこそ裏の任務には最適なのだろうが。

「それでご用件は？」

「もちろん先日起きた騒動の件です。今、皇帝陛下の元にはジョセフ・オーブリー殿が使者として行っています」

「オーブリー様が？」

ジョセフ・オーブリーは王太子の側近だ。彼が王太子と別行動で国外まで出向くことは滅多にないはずなのに。

「今回の件は全て王太子が指示していますので、その代理にはオーブリー殿が適任かと」

「陛下は？」

「あの方は愚息を制御できませんでしたからねえ」

仮にも王子を愚息と呼んでしまっていいのだろうかと思うけれど、王太子に仕える人たちからすると、きっとあの王子はお荷物なのだろう。ローズは王太子に同情した。

「ローゼリア様の除籍手続きは滞《とどこお》りなく済ませました。私はこれをお届けに」

ブルーノは細長い箱を取り出した。

「忘れ物は、これにお間違いありませんか」

ローズは箱を手に取ると蓋を開けた。中には周囲が小さなダイヤで装飾された、涙型のルビーをあしらったネックレスが入っていた。

「確かに。お母様の形見だわ。よかった……処分されていなくて」

ローズの唇から安堵のため息がもれる。

ランブロワ家から離れていた間に母親のものはほとんど屋敷からなくなっていた。このネックレスは大人になったらローズに譲ると母親から言われていて、せめてこれだけは手元に置きたいと心に留めていたものだった。

「ローゼリア様が嫁《とつ》ぐときにお渡ししようと、侯爵が残しておいたそうです」

「……お父様が？」

「侯爵なりに貴女への愛情はあったようですよ。あの夫人の手前、表には出せないようでしたが」

「そう……」

確かに、母親が生きていた頃は父親ともそれなりに仲よくしていたように思う。仕事が忙しくて滅多に顔を合わせることはなかったけれど。

「侯爵は夫人と離縁し、夫人は実家に帰されました」

「……ギルバートは？」

「アルル殿下とともに、山岳警備隊に放り込まれました」

「山岳警備隊……」

北部にある帝国との国境となっている、標高が高く険しい山岳地帯を守る警備隊は、軍の規律を破った騎士や罪を犯した貴族の若者などが懲罰《ちょうばつ》目的で赴任させられるところでもある。特に冬の寒さは非常に厳しく、最後まで務め上げられる者は少ない過酷な地だ。

「そこまでしなくても……」

「そこまでって、ご自身が彼らに何をされたか分かっておられますか」

「国を追い出されただけよ」

「普通の貴族令嬢は国境に放り出されたら、死んでしまうか人さらいにつかまりますよ」

あきれたようにブルーノは言った。

「貴女だって襲われそうになったのではないですか」

「私は平気よ、あれくらい。貴方もよく知っているでしょう」

「……貴女がそういう方だと知らずに、アルル殿下たちは貴女を身一つで追放したんです。侯爵令嬢への殺人未遂ですからね、重罪ですよ」

「殺人未遂……そんな大げさなことになっていたの」

「本当に変わっていますね、貴女は」

目を丸くしたローズに、ブルーノは大きくため息をついた。侯爵令嬢を正当な理由なく、一方的に婚約を破棄した上に国外追放したのだ。さらに帝国と戦争になっていたかもしれないと知った他の貴族からの反発も強く、この処遇は手ぬるいくらいだ。

「ご自身に起きたことは分かっているはずですが」

「そうね……でも、私はあの国と家族から離れられて嬉しかったの。むしろ彼らには感謝しているくらいよ」

向こうにいても息苦しい生活が続くだけだったし、それにそのうちルイスたちが動いていただろう。下手をしたら戦争になっていたかもしれないのだ。それを回避できたのは、ある意味アルルたちのおかげでもある。

「……そうですか」

ふ、と短く息を吐いてブルーノは顔を上げた。

「では、今は幸せなのですね」

「ええ」

ローズはほほ笑んだ。

「それはよかった。王太子も安心します。ちなみに、今回のきっかけですが。マルロー男爵が娘を利用してアルル殿下に近づこうと仕組んだとのことです。男爵の処分はこれからですが、廃爵の上、娘共々王都から追放する予定です」

「そう」

興味のなさそうなローズにブルーノは苦笑すると立ち上がった。

「それでは私はこれで失礼いたします」

「ええ、ありがとう。王太子殿下と……お父様にも、ありがとうと伝えて」

「承知いたしました」

ローズも見送ろうと立ち上がったところにルイスが部屋に入ってきた。

「……こちらは？」

ちらとブルーノに視線を送る。

「オルグレン王国からよ。お母様の形見を持ってきてくださったの」

「叔母上の？」

「ブルーノ・アビントンと申します。王太子の使者として参りました」

頭を下げたブルーノを一瞥《いちべつ》したルイスの瞳が鋭い光を放った。

「ふうん。オルグレンの使者は随分と血生臭いんだな」

「ルイス！」

「……さすが将軍家のご嫡男ですね」

気にする様子もなくブルーノは笑みを浮かべた。

「痕跡は残していないつもりなのですが。本当に自信をなくしますよ」

「ごめんなさいね」

「いいえ。それでは失礼いたします」

改めて二人に頭を下げるとブルーノは部屋を出ていった。

「――何者だ？」

ブルーノの気配が完全に消えてからルイスは口を開いた。

「王太子殿下の『影』よ」

「なぜそんな者が来る？」

「何度か会っているの。私が追放されたときも捜しに来てくれたのよ。悪い人じゃないわ」

ローズはルイスを見上げた。

「影がいい人とも思えないが」

「そうね。でも面白い人よ」

「面白いねえ。形見って、それ？」

ルイスはテーブルに置かれた箱に視線を落とした。

「ええ。大人になったらもらう約束をしていたの」

ローズは箱を手に取るとルイスに中を見せる。

「綺麗でしょう？」

「ああ」

「そうだ、結婚式にはこれを着けたいわ」

「じゃあそのネックレスに合うドレスを作ろう」

目を細めてそう言うと、ルイスはローズの手を取りソファに座らせた。

「皇宮にも使者が来たよ」

「ええ、聞いたわ」

「向こうの手続きは終わったが、こちらの手続きが色々とあって、ローズが陛下の養女になるにはまだ時間がかかるらしい。その前に少しずつローズの存在を周知はしていくが、正式なお披露目《ひろめ》兼、俺たちの婚約発表は一カ月半後。結婚式は更に一年後だ」

「分かったわ」

「それから、ルチアーナに怒られた」

ルイスはため息をついた。

「え？」

「この間の違法賭博の件がバレた」

「まあ。どうしてバレてしまったの？」

「シャルル商会の違法行為があまりにも多くて、スチュアートのところまで報告が行ったんだ」

十日ほど前、ローズとルイスは違法賭博場に潜入した。

そのとき、商会長が見逃すよう懇願《こんがん》してきた。今回の話はライラの母親からローズが頼まれた個人的な依頼で、ファーノン伯爵が違法賭博に関わっていることさえ確認できればよかったし、シャルル商会長を捕らえることまでは考えていなかった。だが帯剣した者たちを雇っていたことは見過ごせないと迷ったルイスに、ローズが「とりあえず見逃して泳がせたら」と耳打ちしたのだ。

その意図を察してルイスは男たちを突き出すよう商会長に命じた。おそらく彼は大金を約束し、すぐ保釈できるよう努力するなどと言って男たちに商会との関わりを口外しないよう約束させるだろう。

翌日、警備所に出頭してきた男たちに逆に取引を持ちかけ、罰を軽くする代わりにシャルル商会で行われている違法賭博や裏取引などについて口を割らせた。その数と動いた金額があまりにも多かったため、証拠隠滅される前に商会長らを捕らえ調査が行われた。その結果が昨日スチュアートに報告されたのだ。シャルル商会の違法行為は悪質で、きっと商会は解体されるだろう。

「ローズを巻き込むなとルチアーナが怒るから、むしろこっちが巻き込まれたんだと返したら、じゃあローズを止めなさいと」

「まあ。ルチアーナ姉様には心配をかけてしまったのね」

ふふとローズは笑った。

「でも行ってよかったわ、ファーノン伯爵がうわさどおりだったと分かったし。……ライラにはかわいそうなことをしてしまったけれど」

二日前、今回の結果を伝えにアトキンズ伯爵家に向かった。伯爵夫妻からは感謝されたけれど、ライラが悲しそうにしていたのが心苦しかった。

(でも……好きな人と結婚できるわけではないものね)

それが貴族の婚姻だ。ライラはまだ七歳、もっといい相手と出会えるだろうし、今は悲しくてもやがて思い出となるはずだ。

(私もそうだったもの)

初恋はかなわなかったし、不本意な婚約をさせられたけれど。こうやって自分を大切にしてくれる家に嫁《とつ》ぐことができるのだから。

(そうよね、私は恵まれているわ。ルイスは優しいし、剣も強いもの)

「どうした」

違法賭博場でのことを思い出しながら見つめていると、視線に気づいてルイスが尋ねた。

「あのときのルイスはとても強くてかっこよかったなあと思って」

「……ふうん」

ローズの言葉に、ルイスは口角を上げるとローズへ顔を近づけた。

「惚れたか？」

「惚れ……」

ローズの顔がかあっと赤くなる。

「そ……れは……」

「惚れてもらわないと困るな」

唇が触れそうなほど顔を近づけてルイスは笑みを深めた。

「……そう……だけど」

帝国に戻ってきてから約一カ月。

ローズはエインズワース家での生活に昔と同様になじんでいた。ここにはランブロワ家にいたときのような、ローズに暴言を吐く義母も、存在しないかのように扱う父親もいない。いるのはローズを愛し、大切にしてくれる家族だ。それは昔と変わっていないが、ルイスとの関係は変化した。

「ローズ」

ルイスはローズの肩を抱き寄せた。

「愛している」

頬に柔らかなものが触れた、その場所が熱くなる。

ローズを抱きしめる力強い腕も、厚みのある胸も、以前のルイスにはなかったものだ。昔から剣技は優れていたけれど、離れていた四年の間に相当鍛えたことが分かる。彼が成長して大人になったのだと実感するとともに、こうやって抱きしめられる度《たび》にローズは胸の鼓動が速くなる。

(確かに、ルイスは優しくて強くて……好きだけど)

この感覚が「恋」なのだろうか。

そう思って、ローズはさらに身体が熱を帯びるのを感じた。

第三章

初夏の風が爽《さわ》やかな、心地のいい陽気の中。

いつもは静かで落ち着いた雰囲気に包まれている皇宮で一番大きな庭園は、色とりどりのドレスや礼服で着飾った若者たちの姿があふれ、にぎやかな声に包まれていた。

芝生の敷き詰められた広場には、白いクロスがシワ一つなく敷かれたテーブルがいくつも置かれ、その上には皇宮の料理人たちが腕をふるった、見た目も味も極上の料理や可愛らしいケーキなどが並べられている。ある者たちはテーブルを囲みながら、またある者たちは傍《かたわ》らに置かれたベンチに腰かけて、思い思いに会話や食事を楽しんでいた。

このガーデンパーティには若い貴族たちが参加を許されている。夜会などの公式な場よりも気軽で、茶会よりも多くの者たちが集まるこのパーティは、人脈作りや結婚相手探しなど、出会いを求める場ともなっていた。

和《なご》やかな雰囲気に包まれている会場だったが、ふいにある一点に参加者たちの視線が集中するとざわり、とその空気が変わった。

入り口に姿を見せたのは一組の男女だった。

騎士服に身を包んだ男はルイス・エインズワース。公爵家嫡男で第一騎士団副団長。家柄と見た目のよさから彼を狙う貴族令嬢は多いが、社交の場に滅多に出ないことでも有名だった。参加するのは皇家主催の公式の場くらいで、あとは来たとしても警備担当としてだ。

令嬢たちのアプローチにもまったくなびかないその様子から、女嫌いなのではというわさもあるその彼がガーデンパーティに、しかも女性をエスコートして現れたのだ。

とても美しい、まだ少女と言ってもいい女性だった。淡い藤色のドレスをまとい、ふんわりと巻き上げられた深みのある赤い髪にはドレスと同じ色の薔薇が飾られている。パールで統一されたアクセサリーは小粒で控えめだが、それが少女の可憐さを引き立てていた。

自身の腕に手を添えた少女を引き寄せ、ルイスは彼女の耳元で何かをささやいた。その、少女に向けられる柔らかな笑顔に会場のあちこちから小さな悲鳴や歓声が上がる。

誰も彼のそんな顔を見たことがなかった。

親しげに、そしてとても愛おしそうに少女を見つめるルイスの様子から、この二人が特別な関係なのだということは誰もがすぐに気づくけれど。

(あの女性は何者なのだろう)

どの夜会でも、茶会でも見たことがない顔だった。

会場中の視線を一身に集めながらもそれを気にすることなく奥まで来たルイスが、空《あ》いていたソファに少女を座らせると再びざわめきが起きた。その場所はパーティの主催である皇太子妃の席なのだ。ガーデンパーティに出たことのないルイスはそれを知らないのだろうか。けれど位置的にそこが主催の席だというのは、貴族ならば分かるはずだ。

「まったくルチアーナは。自分が披露すると言っておきながら遅れるとは」

ルイスは近くのテーブルから持ってきた果実水の入ったグラスをローズに手渡した。

「仕方ないわ、お忙しいのだから。それよりルイスも行かなくていいの？」

グラスを受け取るとローズは首をかしげた。

今日は各騎士団や軍の幹部が集まる会議があると聞いている。

「ローズを一人にしてはおけないだろう」

「大丈夫よ。じきにルチアーナ姉様も来るでしょうし」

「しかし……」

「それにアランも来るのでしょう？」

「あいつもどこをほっつき歩いているんだか」

会場をざっと見回して、ルイスは懐中時計を取り出しそれを開くとため息をついた。

「これ以上は無理だな」

「早く行って。私なら大丈夫よ」

「彼らが来るまでここから動くなよ。何かあったら暴れていいから」

ほほ笑んだローズの額にキスを落とすとまた周りから黄色い悲鳴が上がった。

「暴れるって……そんなことはしないわ」

ローズは会場から出ていくルイスの背中につぶやいた。

「私だってそれなりに社交界は経験しているのよ」

だから今、自分に向けられている視線の意味も分かっている。

二日前、今日のドレスができたからとルチアーナに呼ばれて皇宮へ行ったときに心構えを聞かされた。ルイスがどれだけ令嬢たちから人気があるのか、そのルイスと婚約すると知られたら、きっとローズに嫉妬の目が向けられるだろうと。

その嫉妬はオルグレン王国で第二王子と婚約していたときに経験済みだ。あの、肩書きくらいしか取り柄のなかったアルルでさえ令嬢たちの嫉妬を集めたのだ。ルイスならば尚更だろう。

(女子同士の争いね……戦うなら言葉じゃなくて剣がいいのだけれど)

経験しているものの慣れてはいないし、できるならば回避したい。腹の探り合いや駆け引きは苦手なのだ。

知る人のいない席で独り、空《から》になったグラスを見つめていると影がかかり、ローズは顔を上げた。

「貴女、なんなのかしら」

ローズの目の前には腕を組んだ金髪の女が仁王立《におうだ》ちしていた。幾重にもひだを重ねたどぎついピンクのドレスに、やたら大きな何色もの宝石をあしらったネックレスとイヤリングが存在を主張している。その後ろに立つ数人の女も似たような感じだ。

（目が痛い……）

サテンのドレスが陽の光を反射して輝くのに思わず眉根を寄せると、女は不快そうにふん、と鼻を鳴らした。

「そこはパーティの主催者、皇太子妃の場所なのよ。厚かましいわね。それともそんなことも知らない下賤《げせん》の者なのかしら」

周囲の者たちからは、女の言動に眉をひそめつつも興味津々《きょうみしんしん》な空気が伝わってくる。口には出さないけれど、皆知りたいのだろう。この突然現れた少女の正体を。

「しかも公爵家のルイス様にあんなことさせて！」

男たちからは好奇の、女たちからは嫉妬のこもった視線が注がれるのを感じた。

女はローズとの距離を詰めてきた。

「どこの馬の骨よ。家名を名乗りなさい！」

はて……今の自分は何者なのか。ローズは内心首をひねった。ランブロワ家からは除籍されたけれど、まだ皇帝との養子縁組も、ルイスとの婚約も成立していない。それらのことを今ローズの口から勝手に言ってしまっていいものだろうか。ルイスにエスコートされないで、ルチアーナと一緒に来ればよかったたか。

（本当に面倒だわ）

ローズは目を伏せてため息をついた。

「ちょっと！　聞いてるの⁉」

パシャン、と音がすると冷たい感触が腹部に広がった。見ると淡い色のドレスの一部が赤く染まり、まだあまり酒を飲めないローズにはきつい、ワインの濃い香りが鼻に届く。ざわめきが庭園内に広がっていった。

「……せっかくお姉様にいただいたのに」

ポツリと、けれどよく通る、そして酷く冷たい声だった。

「はあ？　何を……」

鋭く光る銀色の瞳が女を見すえた。その氷のようなまなざしに女はヒッと喉を鳴らす。

「何をしている」

低い声が響いた。

「アラン様……！」

声の主を見て女がさっと顔を赤くした。アランと呼ばれた青年が女とローズをさっと見比べ、グラスを持った女の腕をつかみ上げる。

「いたっ……」

「殿下に何をした？」

冷たい視線が女をにらみつけると騒動を見守っていた人垣からどよめきが起きた。

「で、殿下……？」

「ローズ様！」

悲鳴のような声が響くと人垣の間から女性が飛び出してきた。

「アメリア」

「ああなんてことを……！」

駆け寄ると、アメリアはローズの前に跪《ひざまず》いた。

「怪我はございませんか？」

「大丈夫よ、ワインがかかっただけだから」

ローズは青ざめたアメリアを安心させるようほほ笑みかけると、アランを見上げた。

「アラン。そんなに怖い顔をするものではないわ」

「この状況でヘラヘラしていられるほうがおかしいでしょう」

真面目な顔でアランは答えた。

アランは宰相であるカークランド侯爵の嫡男で、今は父親の下で補佐官として働いている。そして妹のアメリアは皇太子妃の下で、彼女の政務補佐を行っている政治家一族だ。

エインズワース家に次ぐ地位であるカークランド家の兄妹が臣下のように振る舞う、この「殿下」と呼ばれた少女は――

一瞬のうちに会場内を緊張した空気が包み込んだ。

「なんの騒ぎかしら」

そこへゆったりとした、けれど威厳のある声が響いた。

さっと分かれた人垣から現れたのは、このガーデンパーティの主催である皇太子妃ルチアーナだ。ローズと同じデザインで濃い紫色のドレスをまとったルチアーナは扇子で口元を覆《おお》いながら優雅な足取りで近づくと、ローズの姿を見て美しい眉をひそめた。

「まあローズ……どうしたの」

「ごめんなさい、せっかくお姉様にいただいたドレスを汚してしまいました」

「ドレスのことはいいのよ」

そっとローズの髪をなでるとアランを振り返る。

「何があったの」

「この女が殿下にワインをかけたようです」

つかんだ女の腕をさらにひね上げると、ひうっ、と悲鳴ともうめきとも取れる声が上がった。エメラルド色の瞳が女の姿を捉《とら》え、スッ、とその温度が下がる。

「貴女」

ローズにかけたのとは明らかに異なる、冷えた声色。

「この子が私の大事な妹と知っての狼藉《ろうぜき》かしら」

この国で一番怒らせていけないのは皇太子妃ルチアーナだ、というのが上級貴族たちの共通認識だ。二年前に嫁《とつ》いできたこの妃は、勝気な性格で頭の回転も速く、夫や義父である皇帝、宰相などを言い負かすことも珍しくない。容赦なく冷静かつ論理的に国のトップたちを追い詰める様はまるで女帝のようだというのがその場を目撃した者たちの評価だ。

「妹!?」

女は悲鳴を上げた。

「そ、そんな。知らなくてっ」

「知らなかったとしても、このような場で人にワインをかける者がこの国にいるなんて……嘆かわしいわね」

うろたえる女を冷たい目で見つめていたルチアーナは、その視線を傍《かたわ》らの近衛騎士に移した。

「連れていきなさい」

「この場にルイスがいなくてよかったな。いたら今頃、首と胴が離れていたぞ」

近衛騎士に連行される女を見送りながら独り言のようにつぶやかれたアランの言葉に、冷え切っていた会場の空気がさらに冷たくなった。

「ローズ……ごめんなさいね、私が遅れたばかりに」

ルチアーナは手を差し伸べるとローズを立ち上がらせた。

「着替えないと冷えてしまうわ。アメリア、戻りましょう。アラン、貴方ここへ残ってくれる？」

「はっ」

「騒がしくてごめんなさいね。貴方方はどうぞ楽しんで」

集まっていた者たちを見回すと、ルチアーナはローズとアメリアを連れて会場から出ていった。

「お、おいアラン！」

ルチアーナたちの姿が消え、一人の男が慌ててアランの側へ寄った。

「あの女性は……何者なんだ？」

「ああ。近いうちに正式に発表されるが、皇帝陛下の養女でルイスの婚約者になるローズ様だよ」

「陛下の養女⁉」

「ルイス様と婚約⁉」

会場のあちこちから悲鳴のような声が上がった。

「養女とは言っても将軍閣下の姪で皇家の血も引いている。皇家とエインズワース公爵家が溺愛しているお姫様だよ」

周囲の反応を確認しながら、会場中に聞こえる声でアランは答えた。


「ローズ、ごめん！」

着替え終えてルチアーナたちとともにティールームで一息ついていたところにアランが来ると、ローズに向かって頭を下げた。

「出ようとしたら親父に捕まって……」

「仕事が入るのは仕方ないわ」

アランを見上げてほほ笑んでから、ローズは眉をひそめた。

「それよりあの『殿下』って何？」

アランとアメリアの兄妹は皇太子やルイスとは幼馴染《おさななじみ》で、ローズのことも昔から知っている。幼い頃は一緒に皇宮内を駆けずり回って遊んだ仲だ。

「立場的に公《おおやけ》の場で呼び捨てはできないだろ。それとも『姫様』のほうがよかった？」

「……どちらも変な感じね。落ち着かないわ」

「もう。本当に気分が悪いわ。せっかくルチアーナ様とローズの装《よそお》いをおそろいにしたのに。台無しにするなんて」

アメリアは頬を膨らませた。

「父様の仕事なんて無視すればよかったのよ、兄様」

「あのなあ、そういうわけにはいかないだろ」

「そうね、それにそもそも悪いのはルイスだわ」

紅茶を飲みながらルチアーナが言った。

「――なんで俺が悪いんだ？」

声の聞こえたほうを向くと、ルイスと同じ会議に出席していたスチュアートが立っていた。

「貴方がローズの初めての社交は絶対自分がエスコートするなんて言うからよ。すぐ帰る人がエスコートなんかしたって意味がないでしょう」

ルチアーナはルイスを見た。

「俺が行かなかったらアランがエスコートしただろう」

じろ、とアランをにらむように視線を送るとアランは首をすくめる。

「ローズ、災難だったね」

スチュアートはローズの前に膝をついた。

「……お兄様たちのところまで話が届いてしまったのですか」

「警備していた者に聞いた。気分は悪くないかい？」

ローズの手を取ろうとしたのをすかさずルイスが払う。スチュアートは苦笑して立ち上がった。

「それで、誰がローズに手を出した」

ルイスはアランを見た。

「カンターベリー侯爵の娘だよ。知ってるだろ」

「……知らないな」

「は？　よくお前につきまとっていただろ？」

アランは首をかしげたルイスにため息をついた。

「社交嫌いだとしても、侯爵家の人間くらい把握しとけよ」

「俺が把握してないってことは価値がない女なんだろ」

「うわー。ホントお前って辛辣《しんらつ》」

「その娘の処罰はどうする」

「カンターベリー侯爵に任せましょう。侯爵は愚かな方ではないから、皇女のお披露目《ひろめ》を台無しにした娘に対してきっと適切な対応をしてくれるわ」

スチュアートの問いに、口元には笑みを浮かべつつ、冷めた目でルチアーナは言った。

愚かではないが、カンターベリー侯爵の評判はあまりよくない。野心家で強欲、娘を使って公爵家に取り入ろうとしていたのをスチュアートたちは知っている。その侯爵が、ローズの素性を知らなかったとはいえ皇家に盾突いた娘にどう対応するのか。その内容次第で皇家や帝国への忠誠心が試されるし、今後の侯爵家の扱いも決まるだろう。

「コワイねえ。じゃあ侯爵には俺のほうから伝えておきますよ」

この件を利用しようとするルチアーナの思惑に、アランは苦笑してそう答えた。

「処罰……？」

困惑したように、ローズは眉を曇《くも》らせた。

「そこまでしなくても……」

「そこまでって、暴言を吐かれた上にワインまでかけられたんだろう？　不敬もいいとこだ」

あの場にいた者たちに一部始終を聞いたアランがあきれたように言った。

「ワインのことはそうだけど……あれくらい、暴言ではないわ」

「あれくらい？」

「だって向こうではいつももっと酷い言葉を……」

言いかけて、ハッとしてローズは口をつぐんだ。さっとティールームの空気が凍りつく。

「ああローズ！」

ルチアーナはローズを抱きしめた。

「大丈夫よ。これからは私かアメリアが必ず側で守るわ」

「守るのは俺の役目だ」

「社交には女だけの戦いがあるのよ」

ルチアーナは自分をにらみつけたルイスに強い視線を返す。

「大体、男の『守る』というのは自分以外の男が近づかないようにすることでしょう？　そんなもの、なんの役にも立たないわ」

男性陣を見回すと、反論できないのか黙り込んでしまった姿にフッと小さく息をもらす。

「さ、気持ちを切り替えて、お披露目《ひろめ》式のドレスを考えましょう。アメリアもいらっしゃい」

ルチアーナは手を引いてローズを立ち上がらせた。

「……いつももっと酷い言葉、ねえ」

ルチアーナたちが出ていくのを見送ってアランはつぶやいた。

向こうでのローズの身に起きたことはアランも聞いている。この帝国ではトップの者たちが宝物のように愛情を注ぐローズが、母国でそんな酷い目に遭っていたとは信じられなかった。

「オルグレンには彼女の味方はいなかったのかな」

「……友人はいたようだが。家の中のことまでは口出しできないだろう」

さっきまでローズが座っていた場所に腰を下ろすとルイスはため息をついた。

ローズの親戚であるエインズワース家でさえ、ローズの扱いについての情報を手に入れながらも、それに対してランブロワ侯爵家に意見をしたりローズを引き取るなどの行動に移したりすることはためらわれていた。貴族は国家に忠誠を誓うが、各領地を治める君主でもあり、領地や家庭内については不可侵とされている。

だから時機を見て、たとえ卑怯な手を使ってでもローズを連れて帰るつもりだったのだ。あの事件が起きたおかげで堂々と取り戻せたのだが。

「ああ、そうだなあ。あからさまに虐待していたんだったら対処できたかもしれないけど。その辺うまくやっていたみたいだからな」

アランの言葉にルイスは深く眉根を寄せた。対外的には躾《しつけ》に厳しい親だと見られていたという義母は口だけで、決してローズを肉体的に傷つけることはなかったのだ。

「なに、ここにはローズの味方は大勢いる。これからは我々がローズを守っていけばいい」

スチュアートが口を開いた。

「ルチアーナには役に立たないと言われてしまったけどね」

「……確かに、女の世界には入れないからな」

ため息をついたスチュアートにアランが苦笑で返す。立場的に社交界の頂点に立ち、弁も立つルチアーナがついていれば、確かにローズの安全は守られるだろう。

「ルチアーナは……ローズのことが好きすぎないか？」

ルイスは三人が出ていったドアに視線を送った。

「そうか？」

「……妹ができたのが嬉しいんだろう。彼女には男兄弟しかいないし」

少し考えて、スチュアートはそう答えた。

「ああ、なるほど」

弟二人を持つルチアーナは姉御肌で世話を焼くのが好きだ。嫁《とつ》ぎ先では世話を焼かれる側なのがつらい、と前に愚痴《ぐち》っていたのをその場にいて聞いていたアランが納得したようにうなずく。

「そういうのとはまた違うんだよな」

(まったく、ローズのことになると察しがいいのだな)

普段、人の心の機微には疎《うと》いルイスの言葉に、スチュアートは心の中でため息をついた。スチュアートが昔から気づいていたルイスのローズへの思いも、ルイス自身が気づいたのはローズが帝国を去ったあとだったのに。

「お前、女にもヤキモチ焼くのかよ」

アランがあきれたような声を出した。

「男だろうと女だろうと関係ない」

「ローズのことになると人が変わるよなお前。あんまり嫉妬深いとローズに嫌われるぞ、なあ」

同意を求めるようにアランが見たのでスチュアートはうなずいた。ルイスは眉をひそめたが、外に人の気配を感じすっと真顔になる。

ドアをノックする音が聞こえると、一人の騎士が顔をのぞかせた。

「副団長、すみません。団長がお呼びです」

「分かった」

ルイスは立ち上がり部屋から出ていった。

「俺も行くよ。今日のことを親父に報告しないと。カンターベリー侯爵の件もあるしな」

「ああ。頼んだ」

ひらひらと手を振ってアランも出ていくと、一人残ったスチュアートは息を吐いた。

ルイスとルチアーナ、そして自分。ローズへ抱く感情の種類が同じなのか違うのか、それは分からない。だが三人とも彼女に対して特別な思いを持っている、それは確かだ。迷わず愛の言葉を口にし、彼女を手に入れることのできるルイス。己の立場を生かして彼女を守ろうとするルチアーナ。

ならば自分は、どうやって彼女への思いを形にしようか。


「ここにあるものは全て皇女のティアラよ」

ルチアーナに連れられて、ローズは宝物庫に来ていた。

目の前には十点ほどのティアラが並んでいる。どれも繊細な細工を施した金やプラチナの台座に、宝石をふんだんにあしらった豪華なものだ。

「好きなものを使っていいわ。気に入ったものはある？」

「どれも素敵で選べません」

「そうねえ。ローズだったらやっぱり薔薇をデザインしたものがいいと思うのだけれど」

ルチアーナは金色に輝くティアラを手に取るとローズの頭へのせた。八重の薔薇と葉が形作られ、細かなダイヤモンドを全体にちりばめたそのティアラはとても優雅で上品なものだった。

「まあ！」

アメリアが感嘆の声を上げた。

「どうしよう、食べちゃいたいくらい可愛い！」

（食べる……？）

異様に瞳をキラキラさせて自分を見つめるアメリアに、身の危険を感じてローズは半歩下がった。

この帝国に来てから多くの人に可愛がってもらっているが、アメリアのそれは少し変わっていると思う。

「アメリア。ローズがおびえているから。ティアラはこれでいいかしら？　ローズ」

「はい。とても素敵です」

手渡された手鏡を見つめてローズはうなずいた。

「イヤリングはおそろいのものにして。紋章付きの首飾りはこれね。ローブは赤地に白い毛皮。ドレスの色は好きなものでいいの。何色がいいかしら」

「濃い色で重厚感を出したほうがよいかと……」

アメリアが言った。

「そうね。紺色か濃い赤……ああ、緑にしましょう」

「緑？」

「赤と白と緑で薔薇になるわ」

「ローズが薔薇の花束に!?　素敵すぎるわ！」

「ねえローズ、どうかしら」

「……いいと思います」

いいアイデアを思いついたと満足そうなルチアーナと、うっとりして瞳を輝かせるアメリアから
の圧に押されるようにローズは答えた。自分が薔薇になるというのは恥ずかしいけれど、特にドレ
スにこだわりがあるわけでもない。

「せっかく出したのだから、結婚式で使いたいティアラがあれば言って？」

「結婚式は……」

ローズはテーブルに並べられたティアラを見回すと、中央に大きな赤い石がはめこまれたティア
ラに目を留めた。

「このルビーが入っているのがいいです」

「ルビー？」

「ネックレスはお母様の形見をつけたいんです。それがルビーなので」

「そうだったの。じゃあ、一つはこれね」

「一つ？」

「貴女とルイスの婚礼なのよ。一日では終わらないわ」

「え……」

皇位継承権を持つルイスと、皇女ローズの結婚式なのだ。皇族と同等扱いで行われ、国外からの
賓客《ひんきゃく》も招かなければならないから一度では済まないだろう。

「私たちのときは四日かかったの。さすがにそこまではかけないでしょうけれど、ドレスは何着も
必要になるでしょうし。楽しみだわ」

目を見開いたローズにルチアーナは満面の笑みを向けた。

「それにしても今日は本当に残念だったわ。せっかくローズのお披露目《ひろめ》だったのに」

宝物庫を出るとアメリアがそう言って口を尖らせた。

「そうね。でも都合がよかったかもしれないわ」

「都合がよい？」

「ローズに突っかかってきたカンターベリー侯爵令嬢。彼女を最も懸念《けねん》していたの」

ルチアーナは立ち止まるとローズを見た。

「ルイスはまったく眼中にないけれど、ずっと彼に懸想《けそう》してアピールもしていたの。彼を望む令嬢の中で一番しつこくて、性格もあまりよくないわ。ローズという婚約者が現れたらきっと何かしらすると思っていたけれど、早々に消すことができてよかったわ」

「消すって……」

「彼女は今日の件で皇家を敵に回したの。侯爵がまともだったらそんな娘を社交界に出すことはできないわ」

「カンターベリー侯爵って、どうも胡散臭《うさんくさ》くて。娘を大人しくさせますでしょうか」

アメリアが言った。

「あの侯爵なら、役に立たない娘は見捨てると思うわ」

「ああ……それはそうかもしれませんね」

「……そんな人がいるんですね」

実の子供を道具として扱うような者が。ローズはあの令嬢もかわいそうに思えた。

「大丈夫よ。万が一あの娘がまた現れることがあっても、ローズは私が守るから」

ルチアーナはローズをぎゅっと抱きしめた。

「ありがとうございます」

「私も守るわよ！」

「アメリアもありがとう」

ローズが笑顔でそう言うと、アメリアは目を潤《うる》ませる。

「ああもう、その顔！　ほんと食べちゃいたい……」

「アメリア」

ローズが引いているのを察してルチアーナは眉をひそめた。

「私たちは『白の庭』へ寄るから、先に帰ってくれるかしら」

「はい。では書類を整理しておきます」

「お願いね」

頭を下げるとアメリアは先に歩き出した。

「……あの子、仕事ぶりは優秀なのだけれど、ローズを見るとおかしくなるのよね。まあ、アメリアに限ったことではないけれど」

最後は独り言のようにつぶやいて、ルチアーナはローズを見た。

「白の庭へは行ったことがある？」

「いいえ。私がいたときは閉鎖されていたので」

「ああ、そうだったわね」

白の庭は皇家の居住区域にある庭園の一つで、名前のとおり白い花ばかり植えられた、妃や皇女など女性のための庭だ。以前ローズが帝国に預けられた、その前年に、皇家唯一の女性でありスチュアートの母親であった皇妃が亡くなった。以来、主のいない白の庭は、ルチアーナが嫁《とつ》いでくるまで封印されていたのだ。

「本当に白い花だけなんですね」

周囲を高い白壁と緑のツタに囲まれたその庭には、様々な種類の白い花が咲き乱れていた。ベンチやアーチといった建造物も全て白で統一されている。

「この庭は元々、皇帝が妃にと望んだ方に結婚の承諾を得るために、彼女の好きな白い花を集めて造ったのですって」

ベンチに腰を下ろしてルチアーナが言った。

「素敵なお話ですね」

「皇家の人たちは皆愛情が深いわ。陛下も皇妃が亡くなったあと一人も側室を得ていないでしょう」

「ルチアーナ姉様も、スチュアート兄様に深く愛されているのですね」

「ああ、私たちはね、違うの」

小さく笑みを浮かべてルチアーナは答えた。

「え?」

「そうね、尊敬できる同志のような感じかしら」

「同志……?」

「私ね、本当は男に生まれたかったのよ。王になって国を治めたかったし、そのための勉強もたくさんしたわ。でも、長子なのに女だからと他の国に嫁《とつ》がされて。悔しかったわ」

ルチアーナは視線を花壇へと送った。勉強などせず花のように美しく着飾って夫の隣にいればいいと、そう父王に言われて国を出された。今でもあのときの言葉を思い出すと怒りの感情がふつりと湧き上がる。

「でもそのことをスチュアートに言ったら、『王妃として治政に関わればいい』と言ってくれて。実際に色々仕事を割り振られているし、会議に参加しても、皆が私の意見を聞いてくれるの」

目を細めてルチアーナは言った。

「この帝国に嫁《とつ》いでこられて、相手がスチュアートでよかったと思っているのよ」

ルチアーナとスチュアートとの間に恋愛感情はないけれど、互いを理解し尊重し合っている。望みをかなえることが、スチュアートのルチアーナへの愛情表現なのだろう。

「そうなんですね」

「それにね」

ルチアーナはローズの手を握りしめた。

「こんな可愛い妹ができたのだもの。今は女に生まれてよかったと思っているわ」

「私も、ルチアーナ様がお姉様になって、とても嬉しいです」

ローズはふわりと頬を緩めた。

(そう、この笑顔だ)

花が開くような、柔らかな笑顔。子供の頃、祖父の話を聞くたびに不思議だった。数度会っただけの相手を、なぜ何十年も想い続けられるのかと。

その謎は女性の孫であるローズと会ったときにあっさり解けてしまった。自分に向けられる、開きたての瑞々《みずみず》しい薔薇のような無邪気で柔らかな笑顔に、一瞬で虜《とりこ》になってしまったのだ。

(私が男だったらよかったのに)

何度も願った思いが胸に湧き上がり――けれど今までとは異なる、その思いに含まれた疼《うず》きにルチアーナは困惑した。だがローズと接しているうちに、その疼《うず》きの正体に気がついたのだ。

(お祖父《じい》様が忘れられなかったのは、この疼《うず》きのせいだ)

この可憐で魅惑的な薔薇を守りたい。いや、手折って自分のものにしてしまいたいという自分勝手で甘美な欲望。もしも男だったらと考えたが、男だったら彼女には出会えなかったかもしれないと思い直した。出会えたとしても祖父と同様に引き離されるか、たとえ戦争を起こしてでも、彼女を手に入れられたか。けれどそんな手を血で染めるようなことはしたくないし、きっとローズも悲しむだろう。何より、どんなに望んでも自分は男にはなれない。

だから彼女の笑顔を守るために女として、そして姉として、「彼ら」にはできないやり方で彼女を守ろう。そうルチアーナは心に誓ったのだ。

「ありがとう。そういうローズはどうなの？」

「え？」

「ルイスのことをどう思っているのかしら」

エインズワース家の特異性は嫁《とつ》いできたときに聞かされた。

皇家の妻への愛情が思いやりならば、エインズワースのそれは「執着」なのだという。ルイスがローズを望むならば、彼女に拒否権はないと。

「ルイスは貴女しか見えていないし、周りも貴女たちが結婚するのが当然と思っているけれど。ローズ自身はどうなのかしら。彼のことは好き？」

ローズは少し首をかしげた。

「……ルイスのことは、好きです」

「それは、家族ではなく恋人として？」

「恋人……多分、そうだと思います」

そう答えたローズの頬が薔薇のように淡く染まった。

ずっと兄としてルイスのことが好きだった。その「好き」と今のルイスへの「好き」という気持ちは変わったと思う。それを恋と認めるのは、まだ少し恥ずかしいけれど。

「まあ、そうなの」

「……結婚するのがルイスでよかったと思っています。優しいし、強いので」

「強い……」

「はい、ルイスは私より強いですから」

ローズは満面の笑みを浮かべた。自分より強い相手が結婚相手というのはローズにとって理想的だ。以前の婚約者アルルの剣も見たことがあったが、お世辞にもうまいとは言えないレベルで、これが夫になるのかと酷く失望したのだ。

「ローズ……」

ルチアーナは額に手を当ててため息をついた。

「言おうと思っていたのだけれど。貴女が将軍から剣を習っていたことは知っているわ」

「……はい」

「エインズワースは武力の家だし、貴女もその血を引いている。でも、私は貴女に剣を持ったり危険な目に遭ったりしてほしくないわ」

「お姉様……」

「違法賭博場に潜入したと聞かされて、とても驚いたし怖かったのよ」

「ごめんなさい」

ローズは目を伏せて謝ると、その顔を上げた。

「でも、私にとって剣は大切なものです。手放すことはできません」

「ローズ……」

「大丈夫です、お姉様。自分の力は分かっています。無理はしませんから」

大輪の薔薇が咲いたような笑顔でローズはそう言った。

＊＊＊＊＊

「わあ……！」

広い室内にずらりと並べられた大量の剣に、ローズは思わず感嘆の声を上げた。

今日は将軍に連れられて皇宮内の武器庫へ来ていた。帝国に戻って以来、何度かローズはルイスと剣を交えたがどうしても途中で剣の重さがつらくなり動きが鈍ってしまう。以前使っていた剣は子供用で今のローズには短すぎるので、ちょうどいい剣を探しにきたのだ。

「どれでも好きなのを選んでいいぞ」

目を輝かせるローズに将軍は言った。

「皇女になるのだから、この中にある全てがお前のものだ」

「全部は使いきれないです……」

ローズは細身の剣が立てかけられた一角へ向かうと、剣を一本一本手に取り、重さを確かめていく。やがてその中から一本の剣を選び、軽く振ると鞘から抜いた。

「これにします。少し短いけれどしっかりしていて使いやすそうです」

幅が太めの刀身は多少乱暴に扱っても折れることはなさそうだ。握った感じもしっくりくる。

「さすがローズ、目が高いな。お前のダガーと同じ、軽くて強度のある剣を作るのがうまいと評判の職人の手によるものだ」

「……言われてみれば装飾が似ています」

形はシンプルだが丁寧に彫り込まれた繊細な柄の模様は、ローズが愛用しているダガーと対《つい》のようなデザインだ。

剣に合う形のベルトも選ぶと二人は武器庫をあとにした。

「ルイスは今、訓練場にいるはずだ。寄っていくか」

「はい」

向かった訓練場の中にはルイスの他に六名の騎士、そしてそれらを見守る騎士たちがいた。そのうちの三名にローズは見覚えがあった。

(あれは……違法賭博場にいた第三騎士団の人たちね)

「最近、素行不良の騎士が何人かいてな。やつらを鍛え直している」

将軍が言った。先日起きた違法賭博場での騒動の結果、アトキンズ伯爵家とファーノン伯爵家との縁組話は取り消されることになった。あまり大ごとにしたくないというアトキンズ家の意向もあり、ファーノン伯爵が違法賭博に関わっていたことは公《おおやけ》にはなっていないが、息子の縁組を台無しにしてしまったファーノン伯爵は意気消沈し、領地に引きこもっているという。

バリー・ファーノンら賭博場にいた三人の騎士もその場にいたことを公《おおやけ》にはしていないが、なんらかの理由をつけて鍛え直すという名目で懲罰《ちょうばつ》を与えるのだろう。

「甘い！」

一人が剣を振り上げようとしたところを、すかさずルイスがその脇を木剣で突いた。

「相手に隙を見せるな！」

そう声を上げると、背後から斬りつけかかった別の一人を振り返ることとなく薙《な》ぎ払う。ルイスが剣を振る度《たび》に一人また一人と倒れ、やがて六人全員が地面にうずくまり立ち上がれなくなったのを、息一つ乱していないルイスが見渡した。

「技術も体力もまだまだだな」

「……そういうルイスもまだ無駄な動きが多いな」

見守っていた将軍が口を開いた。

「そうですか？」

「若さと体力で押し切っているが、年を取っても腕を衰《おとろ》えさせないようにするには無駄を省《はぶ》く必要がある。その点はローズのほうが上だな」

将軍はローズの頭をなでた。

「でも、私はルイスの剣が好きです」

ローズが無駄な力を使わないのは、長く剣を振るには体力が足りないからだ。ルイスは確かに荒いところはあるが、力で圧倒していくその剣は憧れだし、体力があればルイスのように戦ってみたいと思う。

「これは将軍」

訓練を見守っていた三十代くらいの男がこちらへやって来た。

「彼は第一騎士団長だ。クライヴ、この子は私の姪でルイスの婚約者ローズだ」

「クライヴ・オールポートと申します」

名乗ると騎士団長はローズに向かって敬礼する。

「うわさはかねがね聞いております。お目にかかれて光栄です」

「初めまして」

「剣をお使いになるのですか」

騎士団長はローズの腰に下がっている剣に目を留めた。

「ええ。今武器庫から借りてきましたの」

「さすがエインズワースの姫君ですね。ぜひ剣さばきを拝見したいですが……」

「それはだめです」

ルイスがやって来た。

「ローズの剣を見せるのはもったいないですから」

「ほう。そう言われると見たくなるな」

「少しぐらいならいいだろう。その剣の具合も見る必要がある」

そう言って将軍はローズを見た。

「私が手合わせしよう」

「ありがとうございます！」

ルイスとは何度か訓練しているが、将軍とは幼いとき以来だ。ローズは目を輝かせた。

「剣を貸せ」

近くにいた騎士から剣を受け取ると、将軍は訓練場の中へと入っていった。

「将軍が剣を⁉」

「ドレス……？」

訓練に参加することもなく、剣を持つ姿を滅多に見せない将軍と、ドレスに帯剣という不思議な組み合わせの少女に騎士たちがざわつく。

「あれは……」

見覚えのある真紅の髪にバリー・ファーノンは目を見開いた。

「今回はその剣の使い勝手を確認するためだ、好きに動くといい」

将軍は剣を構えた。

「はいっ」

答えるなりローズは剣を構えながら踏み込んだ。トンッと飛び上がるとドレスの裾が大きく広がる。着地と同時に剣を突き刺すが将軍は一歩も動くことなくその剣を払った。すぐに体勢を立て直すとローズは再び剣を振るい、弾かれても間髪《かんはつ》を容《い》れず将軍へ向かっていく。

「速い……」

「なんて軽いんだ」

ローズの動きに、居合わせた全員が見入っていた。

「これは……我々には真似できないな」

ルイスの隣で団長がつぶやいた。身体の軽いローズがひらひらと身を翻《ひるがえ》しながら飛び回る、まるで蝶か花びらのようなその動きは、鎧を着る必要のある騎士ではできない。

「将軍もさすがだな」

素早いローズの打ち込みを将軍は全てかわし、ときには受け止めていた。その身体はまったくブレることなく、貫禄のある立ち姿は大樹のようだった。

やがて将軍が一歩足を踏み入れた。剣を振るうと金属音が鳴り響き、ローズの剣は手から離れ宙に舞う。

「っ……！」

「痛かったか」

思わず顔をしかめたローズに将軍は手を差し出すと労《いたわ》るように手首に触れた。

「いえ……衝撃が響いただけです」

ローズは目を輝かせて将軍を見上げた。

「この剣、軽くて疲れないです！　長さもちょうどよくて使いやすいです」

「そうだな、ローズの身長と剣の長さのバランスがいい。だが軽すぎてあたりが弱いな。毎回でなくていいから体重を乗せるやり方を覚えた方がいい」

「はい」

「剣は体の一部と思え。剣先まで神経を向けて……」

将軍がローズに指導をしている間にルイスは飛ばされた剣を拾うと、それを軽く振りながらローズへ歩み寄った。

「確かにこの剣は軽いな」

「そうでしょう？」

「いい剣を見つけたな」

「ええ」

ローズは嬉しそうにルイスに笑顔を向ける。

「お見事でした。お二方ともさすがですね」

団長が将軍の側へ立った。

「ルイスもいい婚約者を得られて、これでエインズワース家と帝国も安泰ですね」

「ああ、そうだな」

剣を見ながら何か真剣な顔で話しているローズとルイスを見て、将軍も目を細めた。


公爵家に帰ったローズは、パンツ姿に着替えると剣を持って訓練場へ向かった。

「剣先まで神経を向ける……」

剣をしばらく見つめて、ゆっくりと振る。力の入り方と剣の動きを確認するように、何度もローズは角度やスピードを変えながら剣を振り続けた。

「熱心だな」

ルイスの声に、はっとして周囲を見回すともうすっかり陽が暮れかけていた。

「もうこんな時間だったのね」

「侍女たちに、いい加減疲れただろうから休むよう言ってくれと泣きつかれた」

「まあ。まだ大丈夫よ」

「本当にローズは体力があるな」

小柄で華奢《きゃしゃ》な身体のどこにそれだけの力があるのかと思うほど、ローズは子供の頃から剣を持たせるといつまでもそれを振り続けた。

「剣を持つのは楽しいもの」

「ああ、団長が言っていたな。ローズはとても楽しそうに、そして美しく剣を使うと」

確かにローズの剣技は美しい。美しいからこそ他の者には見せたくなかった。

「それから、父上に言われた。お前もローズのように力を無駄なく使えと」

「私はルイスの剣が好きよ。力強くてかっこいいもの」

「――好きなのは剣だけか？」

ルイスはローズの乱れた髪に触れた。

「俺自身のことは？」

（またそういうことを聞く……）

ことあるごとにルイスは自分への気持ちを尋ねてきた。そうして聞かれる度《たび》に、ローズは胸の鼓動が速くなるのだ。

「……ルイスも好きよ」

そう口にすると顔が熱くなる。

「その好きは、どういう好きだ？」

「どうって……」

「俺と同じ『好き』か？」

ルイスは赤くなった頬に口づけた。

「……そう、だと思うわ」

「思う？」

「……ルイスのことは、家族としてだけじゃなくて好きよ」

剣を持つ姿をかっこいいと思い、見惚《みと》れてしまう。優しくされるのも嬉しいし、こうやって口づけられたり抱きしめられたりするとドキドキする。ルイスが側にいると安心するし、彼が仕事で家にいないときは寂しく感じる。もう少しでローズは皇女として王宮で暮らさなければならなくなるが、公爵家を離れたくない。こう思うことが「恋」なのだろう。それに……

「……キスされるのは嫌じゃないもの」

「そうか。――花のようだな」

さらに赤く染まったローズの頬を、ルイスは両手で包み込んだ。

「ローズ。愛している」

グレーの瞳がルイスを見つめ、数回瞬《またた》くとそっと閉じる。

ゆっくりと、二つの唇が重なった。

＊＊＊＊＊

「カンタベリー侯爵から詫び状が届いた」

帰宅した将軍はそう言ってローズに封筒を手渡した。

「詫び状？」

「この間のガーデンパーティで娘がワインをかけただろう」

「ああ、あの派手なドレスの……」

ローズは封筒を開いた。中には娘の無礼を詫びる言葉と、彼女を領地に帰らせたこと、それからローズとルイスの婚約を祝う言葉が書かれていた。

「それと、婚約祝いだと宝石を送ってきた」

「宝石ですか」

「侯爵領には帝国一の鉱山がある。そこで採れたものだ」

差し出された箱の中には、五つの青い石を花びらの形に並べ、周囲にダイヤを散らした大きなブローチが入っていた。

「まあ、素敵なサファイアね」

夫人が箱をのぞき込んだ。

「ワインをかけた代償にしては高価ではありませんか」

「ローズとエインズワース家に敵対する意思はないと示すためのものだ。皇太子妃にも同じように送っている。それで妃の怒りが収められれば安いものだろう」

「そうなんですね」

確かに、あのときルチアーナは静かに、けれど確実に怒っていた。彼女主催のガーデンパーティを台無しにした代償と思えば妥当な気がする。

「そういえば、明後日《あさって》のお茶会にカンターベリー侯爵夫人も来るそうよ」

夫人が言った。

貴族の間でうわさが広まるのは早い。先日のガーデンパーティにルイスの婚約者であり皇女になるという少女が現れたことは、既に多くの者たちが知っているという。まだローズのことは公表していないが、少しでも早く近づきになりたい者は多く、連日のように公爵家にお茶会の招待状が届くので、そのうちの一つに参加することにしたのだ。

「そのブローチを着けていくといいと思うわ」

(ああ、それも狙いなのね)

ガーデンパーティでの、カンターベリー侯爵令嬢の失態も貴族たちの間に広まっているだろう。その失態を詫び、ローズとエインズワース家に敵対する意思はないと示すためのブローチをローズが着けてくれれば謝罪を受け入れたことになる。ローズとしても揉《も》めごとは極力避けておきたい。

「それでは使わせていただきます」

ブローチを手にしてローズは答えた。

＊＊＊＊＊

「エインズワース公爵夫人。ようこそお越しくださいました」

お茶会の主催、テイラー伯爵夫人が笑顔で出迎えた。彼女は社交界で最も顔が広いと言われている。ローズが最初に参加するお茶会として最適だと、この招待を受けたのだ。

「こちらがうわさの姫君ですね」

「ローズと申します」

ドレスの裾をつまんで挨拶をすると伯爵夫人は目を細めた。

「お名前どおりの華やかなお嬢様ですね。お母君にもよく似ていらっしゃるわ」

「……母を知っているのですか？」

「マリア・エインズワース様は私たちの憧れでしたのよ。他国にお嫁入りしたときは多くの殿方が涙したそうですわ」

公爵夫人と顔を見合わせて伯爵夫人はほほ笑んだ。

「こうしてお嬢様が帰られて、ルイス様と婚約されるなんておめでたいですわ。将軍閣下もさぞ安堵なさったでしょうね」

「ええ。娘のように可愛がっていたローズが本当の娘になると喜んでおりますわ」

公爵夫人も笑顔で答えた。

案内されたティールームには三人の女性がいる。そのうちの一人がローズたちに気づいて慌てて立ち上がった。

「ローズ様ですね」

女性は膝を折って頭を下げた。

「アンナ・カンターベリーと申します。この度《たび》は娘が大変失礼なことをいたしまして……誠に申し訳ございませんでした」

「どうぞ頭をお上げください」

ローズは深く頭を下げたままの侯爵夫人に声をかけた。

「もう十分謝罪はいただきましたわ」

「……ありがとうございます」

侯爵夫人は頭を上げるとローズの首元を見る。

「そのブローチ、お使いいただいたのですね。よくお似合いですわ」

「ええ、素敵なものをありがとうございます」

ローズが笑顔で答えると侯爵夫人はほっとした顔を見せた。

(夫人はいい人みたいね)

演技とは思えないその様子にローズは安心した。娘はかなりキツい性格だったけれど、母親はおっとりとした雰囲気だ。

残り二人の夫人はテイラー伯爵と親しい関係で、皆社交界でかなりの影響力を持っていると事前に聞かされていた。身分的に社交界の頂点に立つのは皇太子妃ルチアーナだが、彼女が嫁《とつ》いでくるくるまで、皇妃不在の帝国で彼女たちが社交界を仕切っていたのだという。

今回のお茶会に呼ばれたのは、お披露目《ひろめ》前にローズと直接会うことで、ルチアーナに次ぐ立場となるローズとの関係を他の者たちよりも早く作っておきたいという目的があるのだろう。ローズとしても不慣れな帝国での社交界を生きていくには影響力のある彼女たちの協力が欠かせない。

夫人たちとのお茶会は和《なご》やかに進んだ。

「そういえば、先日シャルル商会の前を通りましたらお店の看板が変わっておりましたの」

夫人の一人が言った。

「まあ。違法賭博で商会長が捕まったというのは本当ですの？」

「そう聞いていますけれど……あのお店でしか扱っていないものが多いから困りましたわ」

「今年の冬は毛皮を買おうと思っていましたのに」

（……それは全て違法取引で手に入れたものなのよね）

初めて知ったような顔で夫人たちの話を聞きながらローズは思った。シャルル商会は正規のルートを通さず、犯罪スレスレ、ときには犯罪そのものの手段を使い、国内外から珍しい商品を集めて売っていたのだという。

「うちも、宝石の多くはシャルル商会に買い取っていただいていたので……驚いていますの」

カンターベリー侯爵夫人がため息をついた。

「まあ。それはかなり影響があったのではなくて？」

「ええ……でも他に取引したいという商会がいくつか名乗り出てくださったので、今主人が交渉しているところですわ」

「カンターベリー侯爵領の宝石はどれも上質ですから、欲しがるところはたくさんあるでしょうね」

「それにしても、どうして商会長は捕まってしまったのかしら。確かに違法賭博はよくありませんけれど、珍しいことではありませんわよね」

「取り締まりを強化するといううわさがありますわ。その影響で違法賭博場が激減したそうよ」

「まあ、大変ですわね」

世間でそんなうわさが流れていることはローズも聞いていた。真相は、ローズが個人的に頼まれたことが大ごとに発展してしまったせいなのだけれど。

「治安もよくなるからいいことだと思いますわ」

ローズの隣で、やはり真相を知っている公爵夫人が口を開いた。

「そうですわね。取り締まりには騎士団も関わるのかしら。エインズワース夫人は将軍閣下から何か聞いていませんの？」

「さあ……家では仕事のことはあまり話さないものですから」

「そうなのですね。――ところで」

ローズを見たテイラー伯爵夫人の目が鋭く光る。

「先日、ローズ様のお披露目式《ひろめしき》への招待状が届きましたの。長く皇女様はいらっしゃらなかったから、とても華やかなお式になると聞きましたわ」

「そのようです……」

おそらく今日最大の目的なのだろう。そこからはローズへの質問攻めだった。

彼女たちの最大の関心はローズの装《よそお》いだ。特に夜会で着用するドレスの色形が重要で、それを聞き出して自分たちのドレスを選ぶ参考にするのだという。ローズと色が被らないよう、そして派手すぎない装《よそお》いにするのが大切らしい。事前にそういった情報を入手し配慮ができることが、社交界でも特別な力を持っている証になるのだ。

長いお茶会が終わった頃にはもう夕方となっていた。

「疲れたでしょう」

見送りに笑顔で応《こた》えながら伯爵家を出たローズが、馬車に乗るなりその表情を消したのを見て公爵夫人はほほ笑んだ。

「……はい」

「皆、ローズがどんな皇女になるのか気にしているの。皇族の女性は皇太子妃だけだし……あの方は少し近寄りがたい雰囲気だから。ローズには愛される皇女になってほしいと皆思っているのよ」

「愛される……ですか。それはどうでしょう……」

社交の苦手な自分がそのような存在になれる自信がない。

「大丈夫よ、ローズなら」

夫人はそう答えてローズの頭をなでた。

「ところでローズ。ルイスと何かあったの？」

「え？」

「最近貴女たち、空気が変わったから」

「そ……うですか？」

「ずっと兄妹のままだったらどうしましょうと思っていたけれど。よかったわ」

「は……はい」

笑顔の夫人にローズは一瞬顔を引きつらせた。

キスを交わして以来、ルイスとの距離は明らかに近づいた。二人きりになるといつもルイスはローズを抱き寄せ、キスをする。ルイスに抱きしめられるのも、口づけられるのも嫌ではないし、心地よく思うけれど。

（でも……どうしてもやっぱり恥ずかしくなってしまうのよね）

ルイスのことは好きだけれど、それを自覚し彼を受け入れようとすると恥ずかしい気持ちが勝って、少しぎこちなくなってしまう。そんなルイスとの距離の変化を、母親となる夫人に気づかれていたと知って更に恥ずかしくなる。

「……そういえば」

ローズは顔が赤くなるのを誤魔化すように話題を変えようとした。

「伯母様は、伯父様に外堀を埋められたと言っていましたけど……最初は好きではなかったということですか」

「ええ。うちは子爵家だから。エインズワース家の嫡男なんてとても遠い存在だったわ」

夫人はほほ笑んだ。

「どこかの夜会で向こうが見初《みそ》めたらしくて。毎日のように花や手紙、贈り物が届くのよ。会ったときは求愛の言葉をたくさんくれて……気がついたらほだされていたわ」

「そうなんですね……」

あのいかつい顔の将軍が、そんなことをしていたとは想像もつかなかった。

「自分を心から愛してくれる人と結婚できることはとても幸せよ。だからローズも安心なさい」

「……はい」

夫人の言葉に、ローズはこくりとうなずいた。

第四章

「ご無礼をお許しください」

そう言ってブルーノ・アビントンは頭を下げた。

彼が公爵家を訪れたのは夜も更《ふ》けた頃だった。そのような時間に他国の使者が個人邸を、しかも先触れもなく訪れることは本来ならばありえないが、それは「影」を急ぎ飛ばしてくるほどの何かがオルグレン王国で起きているということだ。

「内密に、少しでも早くお耳に入れたほうがいいと王太子からの指示でございます」

「何かあったのか」

応接室にはローズの他に将軍夫妻とルイスがいた。ルイスにはブルーノが影であることを教えているが、おそらく将軍も察しているだろう。無礼を責めることもなく用件を促した。

「ローゼリア様は、ストラーニ国王陛下を覚えておられますよね」

ブルーノの言葉に、ふいにローズの顔から表情が消える。

「たった今まで記憶から消していたわ」

「ローズ？」

感情のない声に、隣のルイスが戸惑ったようにその顔を見た。

「ストラーニ王国といえば……わが国との交流は少ないが、豊かな国と聞いている」

将軍が言った。大陸の南端にあるストラーニ王国は暑い気候と独特の文化を持ち、香辛料などの貿易で栄えるベイツ帝国と並ぶ大国だ。

「はい。そのストラーニからの使者が六日前にやってまいりました」

言葉を区切ると、ブルーノは一同を見回した。

「ローゼリア様を陛下の正妃として迎えたいので譲ってほしい、と」

「は⁉」

戸惑いと怒りの声が夜の公爵家に響いた。

翌日。昨夜訪問してきたブルーノを連れてローズたちは皇宮を訪れた。ブルーノと将軍、皇帝らが話し合っている間、ローズとルイスはスチュアートの政務室に来ていた。

「カルロ・ストラーニ陛下ね……いいうわさしか聞かないわ」

記憶を呼び起こすように、宙を見つめながらルチアーナは言った。

「いいうわさしか？」

「文武両道、温厚で人望も厚い。確か今二十五歳くらい？　二十歳という若さで国王になったけれど、政治も安定していて国民からも慕われている。三年前にお妃を病気で亡くされてからは独り身を通しているわ」

「詳しいんだな」

「王族の情報収集は政治の基本よ」

ルイスを見るとルチアーナは口角を上げた。

「陛下は見目もよくて、後添いを望む者が国内外問わず殺到していると聞くわ」

「……なぜそんな人がわざわざ婚約者のいたローズを望む？」

スチュアートはローズへと視線を送った。

「そもそも、どこで会ったんだ？」

「去年、オルグレン王国を陛下が訪問したとき、歓迎の晩餐会《ばんさんかい》が開かれたの」

ローズは答えた。

晩餐会《ばんさんかい》には第二王子の婚約者であり、宰相の娘であるローズも出席していた。食事の席は離れていたため会話はなかったが、その後、部屋を移動しての親睦《しんぼく》の席でカルロから話しかけられた。記憶にある限りそれは他愛もない会話だったが、翌日、ローズはカルロに呼び出されたのだ。

「来てくれてありがとう。ああ、そんなに畏《かしこ》まらないでいいよ、非公式の場だから」

ローズはカルロが滞在している貴賓室《きひんしつ》に通された。正式な挨拶をしようとしたローズにそう言ってソファに座るように勧めると、カルロはその向かいに腰を下ろした。

「私にご用とは、どのようなことでしょう」

侍女たちがお茶を並べて、下がったところでローズは口を開いた。他国の国王が、自分を直接呼び出す理由がまったく分からなかったのだ。

「うん、そうだね。こういうことはもっと時間をかけるべきなのだけれど。君には相手がいるし、早く伝えておいたほうがいいと思ってね」

「相手？」

「ローゼリア嬢」

それまでの笑顔を消して、カルロは真剣なまなざしをローズに向けた。

「突然のことで失礼だが。私と一緒にストラーニへ来てくれないだろうか、私の妃として」

「え？」

ローズは大きな目を瞬《まばた》かせた。

「妃？」

「ああ。君を王妃として迎えたい」

「……私には婚約者がおります」

「分かっている。それでもね、一目見て君しかいないと思ったのだ。多くの女性を見てきたけれど、惹かれたのは君だけだ」

「そう思っていただけたことは光栄です。ですが……」

「他国の王子にこう言うのは失礼だけれど。君の婚約者は、君にはふさわしいとは思えない」

カルロは目を細めた。

「この国の人間は君の価値を分かっていないようだね」

「……昨日初めてお会いしたばかりの陛下にはお分かりいただけるのですか」

「昨日の会話で分かったよ。私を前にしても落ち着いた受け答え。頭の回転も申し分ない。それに、その瞳」

「瞳？」

「君の瞳はとても魅力的だ。綺麗なだけではなく強さと、危うさも持っているね」

カルロは立ち上がるとローズに歩み寄り、その隣へと腰を下ろした。

「頼りにならなそうな王子の妃になるよりも、王妃となって君の才を生かしたほうがよほど世のためとなる」

「……危うい私など、王妃にしないほうがよろしいのでは」

「危うさを上回る価値があるからね。何より君を欲しいと思ったんだ」

カルロはローズの手を取ると、その甲にそっと口づけた。

「ローゼリア嬢。私の妃になってほしい」

ローズを見つめる黒い瞳は熱い熱を帯びていた。


「――それで？」

「お断りしたわ」

ルチアーナの問いにローズは首を横に振った。

「お断りして、どうなったの」

「……それきりお会いしていません」

「正直に言いなさい。まだ何かあったのではなくて？」

じっとローズの表情を見つめていたルチアーナがそう言うと、ローズは一瞬目を泳がせた。

「ローズ」

その様子に思わずローズの手をつかんだルイスと目を合わせて、すぐに視線を落とす。

「何かあったのか」

「……部屋から出ようとしたら、陛下に抱きしめられたの」

「それで？」

「……キスされたわ」

「どこに」

「――」

ルイスから視線をそらしたまま黙り込んだローズに、ルイスは一瞬顔をこわばらせてから深くため息をついた。

「なんのために武術を教えたと思ってるんだ」

「だって国賓《こくひん》に手は出せないもの」

「手は出さなくとも逃げられただろう！　そんなに腕が鈍っていたのか」

思わず声を荒らげたルイスをローズはキッと見上げた。自分の能力不足と言われたことを心外だというように口を尖らせると、また視線をそらす。

「……あのバカ王子と結婚する前に、素敵な人と思い出を作ってもいいかなって、ちょっと思って……逃げそびれたんだもの」

「なっ……」

「あの頃はルイスと婚約するなんて考えもしなかったのよ。仕方ないじゃない」

自分に好意的ではない婚約者や家族とともに生き続けなければならないと、あの頃は諦めていたのだ。そんなときに、わずかの間で自分に価値を見出してくれたカルロからの求婚に、まったく心を動かされなかったといえば嘘になる。

「……ローズ」

むくれた顔のローズと絶句したままのルイスを見て、ルチアーナは口を開いた。

「素敵だと感じたのなら、陛下の求婚を受けようとは思わなかったの？」

「だって誰も知る人のいない国に一人、妃として嫁《とつ》ぐなんて面倒……不安です」

「面倒って……」

ローズが社交を苦手にしているのは分かっていた。だが優秀でもなく、まして嫌われている第二王子と、好意を示してくる優れた国王。選べるのなら多少面倒なことはあっても、後者を選んだほうが幸せになれるのではないだろうか。

「それに陛下が優しくても、他の人たちが優しいとは限らないじゃないですか。暴言やワインをかけられるくらいならまだしも……」

声が小さくなっていったローズをルイスは抱きしめた。

「……そうだな。君を害そうとする者は、決して少なくはないだろう。だけどこの国には君の味方は大勢いるから」

ぽんぽん、と優しく背中を叩く。

「ローズはこの国で、俺と結婚して幸せになるんだから。誰にも渡さないよ」

「……うん」

「愛しているよ、ローズ」

「ちょっと。なに人前でいちゃついているの」

ルイスがローズの頬にキスを落としたところでルチアーナが眉をひそめた。

「羨ましいならそっちはそっちでやればいいだろ」

「は？」

「あー二人とも」

にらみ合うルチアーナとルイスを制するようにスチュアートが口を開く。

「ルイス、自制しろ。ルチアーナもそう目くじらを立てるな……」

ドアをノックする音が聞こえると、返事も待たずに開かれアランが顔をのぞかせた。

「ローズ、いいかな。陛下が話を聞きたいって」

「……ええ」

部屋を出ていくローズと入れ替わるように入ってきたアランは、手にしていた書類をバサリとスチュアートの机上に置いた。

「なんか面倒なことになりそうだな」

「聞いたのか」

「ああ。ストラーニ王国の情報を収集しながら、向こうから接触してくるまで様子見らしい」

「……まあ、そうだろうな」

ベイツ帝国とストラーニ王国は、地理的な関係もあって交流があまりない。今回の話はオルグレン王国に持ち込まれたものであって、こちらから先に動くことはできないのだ。

「やっぱりローズが欲しいと向こうが言ってきたら……まずいかもしれないわね」

「え？」

男たちを見回すルチアーノの瞳が怪しく光った。

「ローズはストラーニ国王のことを『素敵』と言ったのよ。キスされてもいいと思えるくらいにね」

「は？　何それどういうこと!?」

「ストラーニ国王は知的で優秀な大人なのよ。そんな方がまだ若いローズを本気で口説《くど》き落としにきたら……どうなると思って？」

　事情を知らず慌てるアランを無視して、ルチアーノはルイスを見すえた。

「私のお祖父《じい》様が最終的に貴方のお祖母様を諦めたのは、彼女の心が貴方のお祖父《じい》様にあったからよ。いい？　しっかりローズの心をつなぎ止めるのよ」

　ビッ、とルチアーナはルイスを指差した。

「……しかし、ルイスは今まで女には目もくれなかった朴念仁《ぼくねんじん》だからな……」

「口説《くど》き方なんか知らないだろうな」

「お前ら……」

　ルイスはアランとスチュアートをにらみつけた。

「それでも絶対にローズの心を奪われないようにするのよ。いいわね」

　もう一度ルイスを指差してルチアーナは言った。

　ルチアーナたちが出ていったあと、ルイスは政務室にあるソファに座り、手にしたハーブ水が入ったグラスに視線を落としていた。

「心をつなぎ止めるって、どうすればいいんだ？」

スチュアートは書類から目を離すと、じっとグラスを見つめているルイスを見た。

剣技の腕は帝国一だと讃《たた》えられる、けれど剣に力を入れるばかりで色恋ごとには不器用なこの一つ下のハトコのことを、スチュアートは弟のように見守ってきた。朴念仁《ぼくねんじん》とはいえルイスは全身でローズへ気持ちを伝え、その愛情を態度で示しているし、ローズもそれを受け止めているように見える。側から見れば仲のいい婚約者なのだが。

「お前たちは今、どういう関係なんだ？　もう兄妹からは卒業したのだろう」

「……ローズからは好きとは言ってもらえたが、まだ抵抗があるらしい」

「抵抗がある？」

「俺はもっとくっつき合ったり恋人らしいことをしたり、甘えてほしいと思っているんだが……ローズが恥ずかしがるんだ」

「——そうか」

十分仲がいいのではないのか。顔から表情を消して冷めた声でスチュアートは答えた。

「まあ、お前はお前らしく、今までどおりにローズを大切にすればいいだろう。焦らなくても時間が解決してくれるさ」

「そうなんだが……」

「ルチアーナに言われたことを気にしているのか」

肯定するかのように、ルイスはグラスの中身を一気に飲み干す。

「彼女の言うことをそう真に受けるな。ルチアーナは『奪われた側』だからな、過剰に心配してしまうんだ」

「……奪われた側、か」

皇女を巡るルイスとルチアーナの祖父たちの話は、エインズワース家の特異性を語るエピソードの一つとして子供の頃から聞かされていた。そのときは特異性とやらが分からなかったが、ローズへの恋心を自覚してこういうことなのかと身をもって納得した。

彼女を手に入れるためならばどんな努力も惜しくない。異例の速さで騎士団の副団長になったのも「そのとき」に騎士団を動かす権力を手に入れるためだ。

空《から》になったグラスをしばらく見つめて、ルイスは顔を上げるとスチュアートを見た。

「お前も、奪われた側なんだよな」

「何がだ？」

「俺はお前からローズを奪った」

「……奪われたんじゃない。私は『手放した』んだ」

ルイスを見つめ返してスチュアートは言った。

「私はルチアーナと結婚しなければならなかった」

「だからってローズを諦められるのか？」

「諦めるのが、私の立場だ」

「俺には理解できないな。失恋したならともかく……」

ローズの初恋がスチュアートだったように。スチュアートもまたローズに特別な感情を持っていたことを、ルイスは知っている。

「諦められる人間もいるということだ」

個人の心よりも国益を優先する。それが未来の皇帝として当然の務めだと、スチュアートは納得していた。

「それに恋と結婚は別物だ。心の中で配偶者以外のことを思うのは自由だろう？」

スチュアートの言葉にルイスは目を見開いた。

「まだローズのことを……」

「ローズは大事な『妹』だよ。――表向きはね」

にっこりと、スチュアートは笑ってみせる。

「そんな顔をしなくても、手は出さないよ」

「……当たり前だ」

(もしもルイスが彼女を傷つけるようなことがあったら分からないが)

ルイスの、ローズへの思いに気づいたからこそ自分は手放そうと思ったのだ。彼が自覚すれば迷わずローズを求めるだろうと。ルイスと争うことはこの国にとって不利益しかない。エインズワースの男が己の心に忠実であるように、皇家の男は帝国に忠実でなければならないのだ。

「ルイスとローズは、私にとって大事な『弟と妹』だよ」

念押しするように、自分に言い聞かせるように。スチュアートは目の前の青年に向かって笑顔でそう言った。

（まさか諦めていなかったなんて）

皇帝たちとの話を終えたローズは庭園の中を歩いていた。

カルロからの提案はあの場ではっきりと断ったし、彼も諦めたと思っていた。手紙の一通も届かなかったのに、どうして一年以上たった今頃改めて申し込んできたのだろう。

（……でも、もっと早くに申し出があったらどうなっていたかしら）

兄の補佐役としてあまり役に立たなそうなアルルよりも、ストラーニ王国との友好関係を選び、向こうの申し出を受け入れた方が王国の利になると、宰相である父親ならそう考えたかもしれない。

そう思いいたりローズはぞっとした。

（もしも私がストラーニ王国に嫁《とつ》いでしまっていたら……皆とは二度と会えなかったわ）

ストラーニは大国だ。さすがにベイツ帝国もローズを強引に取り戻そうとはしないだろう。

「ローズ！」

目の前が真っ暗になったローズの腕を誰かがつかんだ。

「大丈夫か、顔色が悪い」

ルイスはローズの身体を支えるように抱き寄せるとその顔をのぞき込んだ。

「陛下たちと何かあったのか」

「……いいえ。ただ……」

ローズは顔を上げてルイスと視線を合わせた。

「私が帝国に戻る前に今回の話が来ていたら……お父様なら私をストラーニに嫁《とつ》がせたと思って」

「そうなのか？」

「そのほうが国益になるもの。でも、そうしたら……この国の人たちとは会えなくなったかも……」

ストラーニ王妃となれば、国交のないベイツへ行くことなどかなわないだろう。

「ローズ」

ルイスはローズを抱きしめた。

「もしもそんなことが起きたとしても、俺は君を連れ戻すよ」

「そんなことをしたら……」

「言っただろう。君を手に入れるためなら、戦争でもなんでもするって」

「ルイス……」

「心配しなくても大丈夫。ローズはずっと俺と一緒にいるんだから」

「……ええ」

ルイスの力強い腕と身体のぬくもりに、ローズは不安がゆっくりと消えていくのを感じた。

「でも、戦争はいけないわ」

「最終手段だ。だが他に道がなければ仕方ない」

「仕方ないって……それだけはだめよ」

戦争など起こしたら多くの被害が出る。自分一人のために国民を苦しめるわけにはいかない。

「どうしてだめなんだ？」

ルイスはローズの顔をのぞき込んだ。

「まさか俺よりストラーニ国王のほうがいいなんて思ってないよな」

「思わないわ」

「でも『素敵』なんだろう？」

「……それは、素敵な方だけど。でもそれだけだわ」

あのときは婚約者だったアルルと比べたのだ。

「ともかく戦争はだめ。この国にはルイスがいるし、家族もいるわ。戦争なんか起きたら大切なこの国が傷ついてしまうもの」

「……それはそうかもしれないが」

「私はね、ずっと……私を愛してくれる家族が欲しかったの」

ローズはルイスを見つめた。

「オルグレンの家族もアルル殿下も私のことが嫌いだった。この国の人たちだけが、私のことを気にかけてくれたの。だから私はずっと……ここに帰ってきたかったの」

「ローズ……」

「私はここから離れたくない。ストラーニなんて遠い国には行きたくないわ。でも戦争はだめ、この国が大切なんだもの」

「……分かったよ」

ルイスは小さく息を吐いた。

「でもストラーニに行きたくないのであって、国王が嫌なわけじゃないんだろ」

「もう……どうしてそういうことを言うの？」

ローズは眉をひそめた。

「キスされたこと、根に持ってるの？」

「当然だろう。俺以外が触れたなんて許せない」

「だからあのときは……」

「俺に関わりがないところでも、過去のことでも。許せないものは許せないんだ。……本当に、なんでもっと早くに自分の気持ちに気づけなかったんだろうな」

ルイスはローズを強く抱きしめた。

「自分が一番許せない」

ローズを一度手放す前に気づいていたならば。つらい思いをさせることも、他の男に狙われることもなかったのに。

「……過去は変えられないわ」

「分かっているよ」

「だったら……」

「分かっているけれど。考えるんだ、どうしても」

もしもはないと、分かっているのに。

「ルイスは……私が好きだって、どうして気づいたの？」

しばらくの沈黙のあと、ローズは口を開いた。

「ローズがいなくなってから、心にぽっかりと穴が開いたようになって。なぜだろうと考えて……でも分からなくて。スチュアートに言われたんだ」

ふっ、とルイスの口からため息がもれた。

「それはお前がローズのことを好きだからだろうって。それでようやく、恋とはこういうものなのかと気づいたんだ。ホント、情けない」

人に言われなければ、離れなければ、分からなかったとは。

「でも……離れて分かったのなら、離れたことはよかったんじゃないかしら」

ローズはルイスを見上げた。

「私も多分、ずっと一緒にいたら、ルイスのことはお兄様としてしか見られなかったと思うわ」

離れる時間があったから、意識も変わったのだろう。

「そうか。……そうだな」

小さく笑みを浮かべたルイスがローズへ顔を近づける。

ローズが目を閉じると、柔らかな口づけが落ちてきた。

＊＊＊＊＊

「ストラーニからの書状が届いたよ」

皇宮から帰ってきたルイスがため息とともにそう言った。

「……なんて？」

「十五日後に、国王自らが来訪するそうだ」

「十五日後？」

ローズは目を見開いた。離れた距離にある国の、国王の訪問にしては早すぎる。

「それって……もう向こうは出発しているのよね？」

「だろうな。非公式だし短期間だから儀式的なものは一切必要ないということだ。おそらくオルグレンからの返答で俺たちのことを知って急いだんだろう」

「……十五日後って……お披露目《ひろめ》はその五日後よね」

「ああ、まったくタイミングが悪い。向こうからしたらギリギリ間に合ったと思うんだろうけどな」

「陛下を迎えるの？」

「断るわけにもいかないだろう。目的もはっきりしている。ケリをつけてからローズのお披露目《ひろめ》と俺たちの婚約発表をしてスッキリさせたいとスチュアートたちは言っている」

「そう……」

「それで、ローズに明日皇宮に来てほしいと」

「分かったわ」

ローズはうなずいた。

夕食後、ローズは部屋に戻るとベランダへ出た。

（陛下が自ら来る目的は……やっぱり私を妃に迎えたいということよね）

新たな婚約者ができたローズをまだ諦めていないということは、意外と頑固な性格なのだろうか。

（直接来られても、返事は変わらないけれど）

オルグレン王国にいた頃ならともかく、今のローズにここから離れる気はまったくない。せっかく虐《しいた》げられる生活から解放されて、自分を受け入れてくれる場所に帰ってきたのだから。

ローズは視線を手元へ落とすと、その手に握られている愛用のダガーを月明かりにかざした。銀色の輝きはローズの瞳と同じ色だ。自分を守り、戦うこの銀色はローズの誇りでもある。

きっとルイスや他の者たちがローズを守ってくれようとするだろう。

「でも、私は自分の手で自分の居場所を守るわ」

ダガーを見つめてローズはつぶやいた。


「これはストラーニ国王からローズへの私信ね。中身は確認させてもらったわ」

翌日。皇宮へ行くとルチアーナが縁に金で装飾された封筒を手渡した。その上部に描かれているのはストラーニ王家の紋章だ。ローズが封筒から手紙を取り出すとルイスがのぞき込んできた。

手紙には流麗な文字で、ローズが婚約を破棄されベイツ帝国へ行ったと聞き驚いたという言葉から始まり、ローズの瞳がどれだけ魅力的で、今でも脳裏に焼きついていること、改めて二人で会いたいなどとこまごまと書かれていた。

「ずいぶんと女々しい手紙だな」

眉をひそめてルイスが言った。

「恋文ってそういうものよ」

「恋文……」

ローズはため息をついた。このような手紙を送ってきたということは、やはりローズのことを諦めていないのだろう。

「どうして……私の、どこがいいのでしょう」

ルチアーナとスチュアートは顔を見合わせた。

「全てだ」

ルイスがローズの肩を抱き寄せる。

「ローズは全てが魅力的で最高だからな」

「だから人前でいちゃつかないでと言ったでしょう」

赤らんだローズの頰に口づけたルイスをルチアーナがにらみつけた。

「……そうだな、ローズには不思議な魅力があるんだ」

そんな様子をあきれたように見ていたスチュアートは、咳払いをしてそう言った。

「不思議？」

「愛らしくて淑《しと》やかな容姿だけれど、瞳は強い意志を感じる。そのギャップと、瞳の力強くて美し

い輝きに皆魅《み》せられるんだよ」

「そう……ですか？」

よく分からないとばかりに首をひねったローズにスチュアートは苦笑した。おそらく自分で鏡を見てもその輝きは映らないだろう。ただでさえ美しい薔薇が朝露に濡れてより美しく輝くように、ふとした拍子に強烈に輝くから惹きつけられるのだ。

「ええ、そうね。ローズは魅力的よ。皇女として存在が国内外に知られるようになったら、ストラーニ王の他にも望む者が現れるかもしれないわね」

ルチアーナはそう言うとルイスを見た。

「私たちもローズを守るけれど、一番はルイスよ。絶対にローズを取られないように守るのよ」

「分かっている」

（自分の身は自分で守れるのに……）

大切にしてくれるのは嬉しいけれど。ルイスたちの会話を、ローズはもやもやするものを感じながら聞いていた。

＊＊＊＊＊

「いい天気……」

空を見上げてローズはつぶやいた。

それから左手に持ったダガーを雲一つない天に向かってかざす。

太陽の光を受けて銀色の刃が輝くのを見て、ローズはまぶしそうに目を細めた。磨き上げられた鏡のような曇《くも》りのない刃に、刃とよく似た銀色に光る瞳が映る。

しばらく自分の瞳と見つめ合うと、左手を下ろし視線を右手に移した。ダガーとおそろいのような模様が彫り込まれた剣を軽く振り、構え直して短く息を吐くとタン、と誰もいない訓練場へ踏み込んだ。


ローズの剣は舞のようだ、とルイスは思う。

両手に持った二本の剣をクルクルと回しながら一人演武に興じる姿は、ダンスを踊っているようにしか見えない。

ローズの動きに合わせてドレスの裾が大きく広がる。けれどその柔らかな生地に触れることなく剣を操るローズの動きには、一切の無駄も隙もない。ルイスの存在に気づいているはずなのにやめる様子もなく、無心に舞い続けている姿は、まるで花びらが舞っているようだった。

ゆっくりと、ルイスはローズへと向かって歩いた。ダガーの先が触れるか触れないかほどまで近づいたところでピタリ、と互いの動きが止まる。

「楽しそうだね」

「そう？　……そうね、自由に剣を使えるのは楽しいわ」

剣の切っ先をルイスの喉元へ向けたまま、ローズは答えた。オルグレン王国にいたときは、部屋で隠れてダガーの練習をするしかできなかったのだ。

「手合わせに来たんじゃないの？」

　動こうとしないルイスに、剣を下ろすとローズは首をかしげた。

「呼びに来た。お披露目《ひろめ》式のあと、夜会で着るドレスが届いたからサイズを確認したいって」

「わざわざルイスが来なくてもよかったのに」

「ローズが剣を振る姿は他のやつには見せたくないんだ」

「どうして？」

「綺麗すぎてもったいないし、惚れるやつが増えても困る」

　以前、皇宮の訓練場で将軍がローズと手合わせをしたとき。居合わせた者たちの顔には最初驚きや感嘆といった表情が浮かんでいたが、次第に皆ローズの動きに魅了されていくのが分かった。これ以上ローズに心を奪われる者を増やしたくはない。

「そうなの？　でも、考えたことがあるの」

「考え？」

　ローズはルイスの耳元に口を寄せた。耳元でささやかれたその「考え」を聞いて、ルイスは眉根を寄せる。

「本気か？」

「だめ？」

「どうしてローズがそんなことをする」

「一番角が立たないと思ったの。それに、私だって自分の身は自分で守りたいわ」

ルイスを見上げるローズの瞳に宿る、刃のような銀色の光にルイスはため息をついた。こういうときのローズは決して意思を変えないことを、同じエインズワースの血を引く者として知っている。

「……父上に許可を得ないとならないな」

「ルイスはいいの？」

「いいはずはないだろう。というか、それは俺がやるつもりだったんだが」

「まあ」

「ローズもやっぱりエインズワースの人間なんだな」

ほほ笑んだローズに再びため息をついたルイスは剣を取り上げると、代わりに空《あ》いた右手を取った。

「無茶はするなよ、お姫様なんだから」

「分かっているわ」

「どうだかな。君は剣を持つと人が変わる」

「ふふっ、そうかしら」

無邪気に笑う、その瞳の奥に宿る光を知る者は少ない。できればこの光は誰の目にも触れないように隠しておきたかったのだが。

「少し手が硬くなったな」

ルイスはローズの手のひらをなでた。帝国に戻り、剣の訓練を再開するようになったためだろう。

柔らかかった手の、剣が当たる部分は赤くなっていた。

「……柔らかいほうが好き？」

「いや。ローズの強さの証だからな。どんな手よりも美しい」

手を引き寄せ硬くなった部分に唇を押し当てる。

「強くなりすぎて俺の出番がなくなっても困るけど」

「ふふ、それはないわ。ルイスにはかなわないもの」

「一生そう思ってもらえるよう、俺ももっと鍛えて強くならないとな」

目を細めてうなずいたローズの手を、ルイスは強く握りしめた。

＊＊＊＊＊

「ローゼリア嬢。久しぶりだね」

「ご無沙汰《ぶさた》しております、ストラーニ国王陛下」

小花模様のレースをまとった水色のドレスをつまみ、美しい姿勢でカーテシーを捧げたローズに目を細めたカルロ・ストラーニは、その視線をゆっくりとローズの隣へと移した。

「こちらが新しい婚約者だね」

「ルイス・エインズワースと申します」

互いを値踏みするように、しばらくカルロとルイスは視線を合わせた。

ローズは皇宮でカルロと会うことになった。謁見の間には他に将軍や皇帝に宰相、スチュアート、ルチアーナたちがいる。ローズはまだ正式に皇女となってはおらず、今回のことはエインズワース家として対処したいから事前に口出しをしないよう将軍から言われていたため、将軍以外はやや遠巻きに見守っていた。

「スチュアート……何か聞いているの？」

ルチアーナがそっと尋ねた。

「いや、何も」

答えてスチュアートは隣の皇帝の様子をうかがった。聞こえていないのか、気づいていない振りをしているのか、皇帝はただ前を見つめている。

やがてルイスから視線を戻して、カルロはもう一度ローズの方を向いた。

「いい顔になったね」

「え？」

「オルグレン王国で会ったときは暗い表情だったけれど、今はとてもいい顔だ。この国でよくしてもらっているようだね」

「はい」

カルロの言葉にローズはほほ笑んだ。

「あの国では得られなかったものが、ここにはたくさんありますから」

「それはよかった。本当は、私がこの顔にさせたかったが……それでもやはり、諦められないな」

熱を帯びた瞳と強い意志を持った声。

「君がここで幸せになれるのならば諦めることも考えるつもりだったが。あのときよりも更に美しくなった君を見たら、やはり欲しくなる」

「陛下」

熱いまなざしを正面から受け止めてローズは口を開いた。

「私は、ストラーニへ行くつもりはございません」

「悪い話ではないと思うよ、この国にとっても」

ストラーニ国王と、ベイツ帝国の皇女となるローズの婚姻は確かに両国の交流を深め、利益をもたらすものとなるかもしれない。それは両国の未来にとっていいことなのだろう。

「陛下はエインズワース家についてはご存じですか」

「ああ……ここに来るときに聞いたよ」

「では私の祖母のことも?」

「知っているよ」

「それでも悪い話ではないと?」

ベイツ帝国とマウラ王国の間で起きた、皇女を巡る争い。それがまた起きる危険がある。

「それは、どちらかが折れればいい話だね」

「私は折れません」

笑みを浮かべるカルロに、ローズも笑顔で返す。

「私も諦める気はないな」

カルロは名乗ったきり、無表情でひとことも発しないルイスに視線を送った。その視線を受け止めたルイスは、同じように自分を見たローズと視線を合わせ、小さくうなずいた。

「ストラーニ国王陛下」

ローズは一歩前へと進み出ると自らの胸に手を当てた。

「ならば私は、陛下に決闘を申し込みます」

ざわ、と静かだった謁見の間に動揺の空気が広がっていく。

「決闘？」

思いがけない言葉にカルロは目を見開いた。

「まさか……私と、君が？」

「はい。私が勝てば、私のことは諦めていただきます」

「——私が勝ったら？」

「そのときは、陛下の望むままに」

銀に光る瞳がカルロを見つめた。

「分かった。その申し出、受けよう」

しばらくの沈黙のあとカルロは答えた。

「それで、いつ行う？」

「陛下のご都合のよいときに」

「……それでは明日の正午」

「はい。よろしくお願いいたします」

ローズは再び優雅なカーテシーを捧げた。


「どういうことなの⁉」

カルロが去ったあと、最初に口を開いたのはルチアーナだった。

「父上はご存じだったのですか」

「いや。決闘で決めたいとは聞いていたが、相手はルイスだと思っていたよ」

スチュアートの問いに皇帝は首を横に振った。彼らの性格的にそうくるだろうと納得はしていたのだが、まさかローズ自身とは。

「俺もそのつもりだったけど、先に名乗りを上げたローズに譲らないと」

ルイスは隣のローズを見た。

「そういう問題じゃないでしょう⁉」

悲鳴めいたルチアーナの声に、ローズは困ったように小さく首をかしげた。

「負けたらストラーニに行くことになるのよ⁉　そもそも決闘なんて危なすぎるわ！」

「ルチアーノ姉様。一対一ならば私は負けません」

「そんなの分からないじゃない！」

「ここまで乗り込んでくるような執念深いやつだ。ローズ自身に負けた方が納得するだろう」

ルイスはローズの肩を抱いてそう言った。

「貴方までそういうことを言うの⁉」

「アドルフ……大丈夫なのか」

皇帝は将軍を見た。

「ローズには徹底的に仕込んであるから心配はいらぬ」

「しかし……」

エインズワースの二人はローズの力を知っているだろうが、それ以外の者はローズが剣を持っているところすら見たことはないのだ。

「ローズは我がエインズワース家の秘蔵っ子だ。見て驚くなよ」

にやり、と将軍は口の端を上げた。

＊＊＊＊＊

晴天の下。皇宮にある訓練場はいつもとは異なる空気に包まれていた。

皇族と将軍、それに近衛騎士や各騎士団の幹部クラス、更に普段訓練場には姿を見せないような、宰相を始めとした文官たちが集まっている。

彼らの視線の先、訓練場の中央には将軍と二人の人物が向き合い立っていた。

一人はこの国に訪問中のストラーニ国王。簡単な防具を身にまとい、手には長剣と小ぶりの盾を持っている。対峙するのはパンツスタイルの華奢《きゃしゃ》な身体で、剣とダガーを持った少女――最近帝国内でうわさされている「薔薇の姫」だ。

他国に預けていた、皇帝の養女でありエインズワース家次期当主の婚約者。先日皇宮内で開かれたガーデンパーティでの事件でその存在は知られていたが、まだ正式にお披露目《ひろめ》はされておらず、彼女の人となりを知る者はほとんどいなかった。

「……ルイス」

スチュアートは隣に立つルイスを見た。

「ローズはどれくらい強いんだ？」

「一対一なら俺でも勝てないときもある」

前を見つめたままルイスは答えた。

「……は？」

ルイスの言葉にスチュアートとルチアーナは目を見開いた。現役を退《しりぞ》いた将軍を除き、帝国一の腕前と言われるルイスに勝てるということは、つまり帝国でもトップクラスの腕前ということではないのか。

「ローズには、彼女にしかない強みがあるからな」

「……ローズにしかない強み、とは？」

「それは見てのお楽しみだ。……本当は他のやつには見せたくなかったがな」

鼻を鳴らしてルイスは言った。

「準備はよいな」

二人の間に立った将軍が、互いを確認するとその場から離れた。

「はじめっ！」

最初に動いたのはローズだった。瞬時に足を踏み出すと相手の懐《ふところ》へと剣を突き出し、盾で防がれるとすかさず更に突き込んでいく。

「速い……」

見物人からため息とつぶやきが聞こえた。騎士にも劣らない、いや、騎士よりも速くローズは剣を繰り出し続けている。

「……あの国王も相当だな」

ローズの剣を全て防ぎ続けるカルロにルイスがつぶやいた。

（これは……）

ローズの剣を受けながらカルロは戸惑っていた。

代々の将軍家であるエインズワースの血を引き、自ら決闘を申し込んでくるほどだ。相当な腕なのだろうと予想はしていた。そして軽い身体を生かし、速さで攻める作戦なのだろうと。そこまでは予想どおりだ。

女性の腕なのだから力は強くないはず、そう踏んでいたのだが。確かに基本ローズの剣は重くなく、その剣も細く短めで当たりは軽い。しかし時折、酷く重い一振りが交ざってくるのだ。油断をすると剣を落とされそうなほどの衝撃が伝わる。この細い腕でどうやってこれだけの力を込められるのか。

(このままではまずいな……そろそろこちらも反撃しないと)

わざと乱暴に剣を払うとカルロはローズへと剣を突き込んだ。力ならばカルロには自信がある。力ずくでローズの剣を飛ばしてしまえばすぐに決着はつくはずだ。

だがローズはカルロの剣を受け止めることはしなかった。素早い身のこなしで飛び退《の》きながら攻撃を受け流すと、すかさず踏み込み剣を振るってくる。それを受け払い、剣を突き込むがやはりローズにかわされた。

(まるでひらひらと舞う花びらのようだ)

軽やかなローズの動きにそんなことを思ってしまう。

(それにしても、彼女の身のこなしは……)

「美しいな……」

誰かの声とそれに同意するかのごときため息が聞こえ、ルイスは眉をひそめた。

ローズの剣は優雅だ。そう振る舞うように将軍もルイスも教えたわけではないのだが、いつのまにかその所作を身につけていた。獲物を狙う、銀に光る瞳は宝石のようでもある。楽しんでいるのかその口元には笑みを浮かべ、舞うように軽々と剣を振るうその華奢《きゃしゃ》な身体は幻想的ですらあった。

ローズは戦っているときが一番美しい。それはルイスだけが知っていればよかったのに。

どのくらい剣を交わし続けただろう。

少女の身体では体力はそうもたない、とカルロも見物の者たちも踏んでいた。だがローズは息を乱すこともなく、スピードや動きが鈍ることもない。

(名残惜《なごりお》しいが……そろそろ決着をつけないとな)

ローズと剣を交えるうちに、これまでの手合わせでは感じたことのない感情が湧き上がってくるのをカルロは感じていた。いつまでもこの少女と戦い続けていたいという欲求。だが訓練ならともかく、今は真剣な決闘の場だ、勝敗を決めなければならない。

速さではローズに劣るが、体格差と腕力を生かせば補えられる。剣を持つ手に力を込めるとカルロは踏み出した。

大振りされた剣をローズはひらりとかわした。手を止めることなく、カルロはそのまま自身の身体を回転させ、遠心力で加速させてさらに振り込んだ。ローズの足を止めさせることなく幾重にも攻撃を重ねていく。バランスを崩してわずかにローズの身体が揺れた。その一瞬の隙を逃さず、すかさずもう一度剣を打ち込む。

だが次の瞬間、ローズの姿は消えていた。

思わず動きを止めると同時に、カルロは頬に冷たい感触を覚えた。

「な……」

カルロの背後に立ったローズが、ダガーの剣先をカルロの頬に当てている。

「私の勝ち、ですね」

薔薇が花開くような、ふわりとした笑みを浮かべてローズは言った。

「――ああ……」

カルロの首肯の言葉に満足そうにもう一度笑みを浮かべると、ローズはダガーを戻した。

「……なんだ……今のは」

「まったく見えなかったぞ……」

騎士たちの間からざわめきがもれた。

それは一瞬の出来事だった。カルロが剣を打ち込んだ瞬間、ローズの身体が消えたように見えたのだ。どうやって一瞬でカルロの背後へと回り込んだのか、その動きを見切れた者はいなかった。

「……今のがローズの強みか？」

しばらく呆然としていたスチュアートが、ようやく我に返ってルイスを見た。

「ああ。ローズはありえないくらいの速さで動けるんだ」

ルイスは答えた。

「どうやらオルグレンにいる間に身につけたようだ」

「……自力で？」

「向こうではダガーしか持てないからな。どうやったら唯一の武器を生かせるか、自分なりに考えたんだそうだ」

瞬発力を鍛え、一瞬の機会に賭ける。それが、ローズが手に入れた自身の強みだ。

ベイツへ戻り、久しぶりに二人で手合わせしたとき。ローズはルイスの前で四年間の成果を見せつけた。彼女の動きはルイスや将軍でさえ見切れなかったのだ。

ルイスは闘技場の中央へ向かうと、カルロと向き合うローズの隣へと立った。

「これでローズを諦めていただけますね」

ローズを見つめていたカルロはルイスへと視線を移した。

「――そうだね、今回は」

一つ息を吐いてカルロは答えた。

「今回は？」

「あんな剣を見せられたら惚れ直してしまう。君も騎士なら分かるだろう」

ピクリと眉を動かしたルイスに小さく笑みをもらすと、カルロは再びローズを見た。

「正妃の座は空《あ》けておくよ。五年後でも、十年後でも。君がその気になればいつでも迎えに来る」

「ありがとうございます」

カルロを見上げてほほ笑むと、ローズは一礼した。

「……本当に、素晴らしい女性だ」

ローズの後ろ姿を見送りながらカルロはつぶやいた。彼女はやがて公爵夫人、そして将軍の妻となるのだろう。だがそれよりも王妃となった方がよほど国益となるはずだ。

ベイツ帝国にはすでにルチアーナという将来の皇妃がいて、彼女の優秀さと手腕はカルロも聞き及んでいる。ならばローズは別の国で王妃となった方がいいだろう。

「私を諦めさせるために決闘という手を選んだのだろうけれど。逆効果だったな」

華奢《きゃしゃ》な背中を見つめてカルロは小さく笑みを浮かべた。

「ローズ！」

着替えを終えて戻ってきたローズに駆け寄ると、ルチアーナはその頬を両手で包み込んだ。

「大丈夫なの!?　怪我はなかった？」

「大丈夫です、ルチアーナ姉様」

ローズは笑顔を向けた。

「少し疲れたくらいです」

まだ戦える体力は残っているが、さすがに長時間の真剣勝負は精神的に疲れるものがあった。

「まあ……座って、お茶を運ばせるから」

「あれだけ長い間戦ったのに『少し』なのか？」

決闘を見守っていたアランがあきれたように言う。

「楽しかったの。本当はもっと戦っていたいくらいだわ」

ソファに座ると、ローズはアランを見上げた。他国の王と、誰にも邪魔をされず真剣勝負で戦える機会など滅多にない。ローズの心が満たされているのがその表情からもうかがえた。

「私は生きた心地がしなかったわ……」

涙目のアメリアが大きく息を吐くと、同意するようにルチアーナがうなずいた。長身のカルロと小柄なローズの真剣勝負は、普段剣とはなじみのない彼女たちにとって恐怖でしかなかった。

「しかし、勝ったからよかったものの……もし負けたらどうするつもりだったんだ？」

アランはローズとルイスを見た。

「ローズは負けない」

「そんなの分かんないだろ」

「負けないいな、あの男は国王であり騎士でもあるから」

「どういう意味？」

「騎士には騎士としての闘い方がある。そこから外れることはできない」

首をかしげたアメリアを見てそう言うと、ルイスはローズを見た。

「ローズは騎士ではないから闘い方に縛られることはない。それに国王として万が一死ぬことがあってはならないからな、どうしても守り優先になる」

「それはつまり……ローズは卑怯な手を使えるし、捨て身で戦えると？」

「うふふ」

眉根を寄せたアランにローズはにっこりと笑みを返す。

「怖いなあ。……ところでスチュアートは？」

「陛下がストラーニ国王と会談する場に同席すると言っていたわ。せっかくの機会なのだから親交を深めたいって」

ルチアーナが答えた。

「……そんなに親しくならなくてもいいだろうに」

ルイスは不快そうな表情を浮かべた。

「向こうと友好を深めておくのは互いにとっていいことだわ」

ルチアーナが同意を求めるように視線を送ると、アランは大きくうなずいた。

「これまでほとんど交流はなかったが、あの国の名産である香辛料を直接取引できるようになればかなり助かる」

「今回のことを政治に利用するのか」

「そういうものよ。わざわざ国王自ら来たのだもの。向こうだって手ぶらでは帰れないでしょうし、こちらの鉱物資源は魅力的でしょうね」

おそらくカルロと皇帝たちは今頃そのあたりの話をしているのであろう。

「陛下はまだローズのことを諦めきれないようだし、友好関係を築いておくことは大切よ。分かるでしょう？」

ルチアーナの諭《さと》すようなまなざしにルイスは深くため息をついた。


スチュアートとカルロは並んで廊下を歩いていた。

「それでは、やはり明日戻られるのですね」

「無理を言って予定を組んだ今回の訪問ですから。本当はローゼリア嬢のお披露目《ひろめ》まで滞在したかったのですが。彼女の正装はきっと美しいのでしょうね」

「そうですね。試着は済ませているのですが、妃が見せてくれないのですよ、もったいないと」

「はは。ローゼリア嬢は本当にこの国の方々に愛されているようで、安心しました」

スチュアートは立ち止まるとカルロに向き直った。

「私たちはオルグレン王国での彼女の様子を知りません。向こうでのローズは……」

「向こうでも、こちらでも。彼女は薔薇のようですね」

カルロは視線を外へとそらした。その目線の先には生け垣に植えられた薔薇が咲き乱れている。

「華やかで美しい、棘《とげ》のある薔薇。最初に会ったときの彼女の棘《とげ》は、周りから自身を守るためのものでしたが。今の棘《とげ》は彼女の美しさを引き立てるためのものですね」

「……そうですか」

しばらく薔薇を見つめて、二人は再び歩き出した。

「よろしければ彼女の結婚式に呼んでいただきたいものですね」

「それは喜んで招待いたしますが……よろしいのですか、その……」

失恋した相手の結婚式など、見たくもないだろうに。そう言いたげな相手の視線にカルロは笑みを返した。

「きっと美しいのでしょうね、ローゼリア嬢の花嫁姿は。分かっていながらこの目で見ないなど、一生後悔する」

「ああ、そうですね」

「それに余計な遺恨《いこん》を残さないためにもね。まあ、諦めることはできないでしょうが」

カルロの言葉に、スチュアートもまた笑みを浮かべた。

「その前にぜひ皇太子殿下を我が国へお招きしたい。今回の私の我儘《わがまま》を聞いていただいたお礼も差し上げたいですし」

「お礼など不要ですが、お招きは受けましょう」

己の恋心よりも国益を優先する。スチュアートの考えは、カルロもまた同じなのだ。


カルロと別れるとスチュアートは自身の執務室へは戻らず、庭園へと足を向けた。

色とりどりの薔薇が咲き誇る中、一輪の花の前で立ち止まる。やや小ぶりながらも瑞々《みずみず》しくつややかな紅《あか》い花びら。その茎には鋭く尖った細かな棘《とげ》がいくつも生えている。

「美しさを引き立てる棘《とげ》か。……私は、花びらしか知らなかったのだな」

幼い頃にルイスと一緒になって皇宮を駆けずり回っていたお転婆《てんば》なローズは知っていたけれど、戦う姿を見たのは今日が初めてだった。

迷うことなく剣を振るうローズの姿は美しかった。剣が美しいものだと初めて知った。将軍やルイスが教えたのだろうが、その動きは彼らの剣とは明らかに異なっていた。

ルイスが誰にも見せたくないと言った、ローズだけの剣。

(彼は、あの姿もいつも見ていたのか)

「スチュアート兄様」

振り返るとローズが立っていた。若草色のドレスをまとったその姿は愛らしく、とても数時間前に決闘をしていた少女と同一人物とは思えなかった。

「ローズ、どうした」

「少し散歩しようと思ったの」

「身体はなんともないのかい」

「ええ」

「ルイスは？」

「帰ったわ」

今日から結婚までの間、ローズは皇宮で暮らすことになっていた。

エインズワース家は渋っていたが、一年間とはいえ皇女になるからには公務もある。最後はルチアーナとの舌戦に負けてローズは皇宮に来ることになったのだ。

「お兄様は、ここで何を？」

「薔薇を見ていたよ。ローズに似ていると思って」

ローズは少し困ったように眉を下げた。

「……どうして皆、私を薔薇に例えるのかしら。名前と髪色のせい？」

「それもあるだろうけれど。本当にローズは薔薇のようだからね」

「そうかしら」

納得いかない様子で首をかしげるローズにくすりと笑みをもらす。

「おいでローズ。少し歩こう」

手を差し出すとローズは素直にその手を取った。

「ローズと二人きりで会うのはこれが初めてだね」

スチュアートの言葉に、ローズは目を丸くすると思案するように視線を宙へと向けた。

「……本当だわ」

子供のときは護衛たちが常に目を光らせていたし、戻ってきてからも常に誰かしらが一緒だった。

「そう意識すると……なんだかくすぐったい感じだわ」

「それだけ？」

え？　と思う間もなく、ぐいとローズは引き寄せられた。

「ルイスやルチアーナはいいよね。人目があっても君を抱きしめられて」

意外と力強い腕がローズを包み込んだ。

「かなわないことだと分かっていても……願いたくなることがあるんだ」

いぶかしげに見上げたローズの頬に、スチュアートの手が触れた。

「私は狡《ずる》い人間だ。手に入れられない代わりに兄妹という鎖で君を縛りつけようとしている」

スチュアートの言葉と、その瞳に宿る熱の意味に気づいたようにローズの目が大きく見開かれた。

「そんな顔をしなくても大丈夫だよ。手は出さないとルイスに約束したからね」

ローズを見つめて目を細める。

「最初にローズを好きになったのは私だったのにね」

「……兄様……」

「こんなこと、君に言うつもりはなかったんだけど。ルチアーナといいストラーニ国王といい、君を慕う者が多すぎてね。私も少しは自分の欲を明かしたくなったんだ」

スチュアートを見上げていた瞳が戸惑うように揺れた。

「私、は……」

「君は大切な妹で、私にとっての特別だ」

スチュアートは揺れる瞳を隠すようにローズの頭を包み込むと、自分の胸へと引き寄せた。

「正式な兄妹になる前に。今だけ、こうしてもいい？」

「……兄様は狡《ずる》いです」

「そうだよ、私は狡《ずる》いんだ」

幼いローズから向けられていた恋心に気づかないほど、スチュアートは鈍くない。その昔の心を知っていながら、いや知っているからこそ、こうやって家族としてではなく抱きしめることを求めてもローズが断りきれないことも分かっている。

「でもローズは、もう私のことはなんとも思っていないだろう？」

ぴくりと腕の中のローズが震えた。

「私を見る目とルイスを見る目は全然違うよね」

「……だって……」

「私たちは兄妹だから、ね」

そう言ってローズの頭にキスを一つ落とす。

「子供だと思っていたローズももう大人なんだね。ときの流れで大人になったのか……それともルイスがそうさせたのかな」

ルイスと視線を交わすローズのまなざしは、いつの間にか兄に対するものから別のものに変わってしまった。それはきっと、ルイスが真っすぐに愛情を注いだからだろう。

(本当に狡《ずる》いのはルイスだ)

自分が知らないローズの姿を知り、自分には与えられなかった感情を彼女に与え、手に入れられる。彼への嫉妬を口にできたらどんなに楽だろう。

けれど皇太子であるという立場と自負がそれを口にすることを禁じさせるのだ。結婚という形でなくとも、夫がいても、彼女の側にいられる権利、「兄」という立場を手に入れたのは、ルイスへのせめてもの意趣返しだった。

「私が望むのはローズの幸せだ。もしもルイスが君を泣かせるようなことがあれば私が守るから」

「……ありがとう、スチュアート兄様」

ようやく笑みを浮かべたローズの頭に、スチュアートはそっとキスを落とした。

第五章

「このめでたい日に皆が集まってくれたことを嬉しく思う」

皇帝は大広間を見渡した。

皇女ローズのお披露目《ひろめ》に国中から大勢の貴族が集まっていた。新しい皇女のうわさは色々と広まっているが、実物を見るのは多くの貴族にとって初めてとなる。

「紹介しよう。皇籍に入ったばかりの我が娘、ローズだ」

登場を待ち望む会場の期待を察し、挨拶も早々に皇帝は右手を広げた。皆の視線が集まるその先から、皇太子スチュアートにエスコートされた皇女ローズが現れた。

白い毛皮と金糸の刺繍で装飾された、真紅に染められたローブの下からは、深緑色でつやのあるビロード地のドレスがのぞいている。深みのある赤い髪を編み上げた頭上に輝く黄金のティアラは薔薇がデザインされたもので、首にかけられた金と銀のモチーフを連《つら》ねた首飾りの先には皇室の紋章が下がっている。顔を真っすぐ上げて歩く皇女は豪華絢爛《ごうかけんらん》な衣装に負けない気品に満ちていた。

「あれが薔薇の姫……」

「なんとお美しい」

「花のようですわ」

「マリア様によく似ていらっしゃる……」

観衆の間から感嘆の声とため息が聞こえた。

「皆も知っているだろうが、このローズは私のいとこ、マリア・エインズワースの娘だ。父親のいるオルグレン王国にいたがこの度《たび》帝国に戻り、ルイス・エインズワースと婚約する運びとなった」

皇帝は隣に立ったローズの手を取る。

「新たなベイツ皇家の姫を、どうか温かく迎え入れてほしい」

大きな拍手が広間に響き渡った。

「素敵だったわ、ローズ」

控え室に戻ると目を輝かせたアメリアが待っていた。

「ありがとう」

重いローブを脱がせてもらうとローズはホッと息をつく。

「朝から忙しくて疲れたでしょう」

ソファに腰を下ろしたローズの前にアメリアはティーカップを置いた。

今日は朝から身支度を整え、昼は帝国民となるための洗礼を受けに大聖堂へ向かった。この大陸では多くの国で同じ神を信仰しているが、国ごとに国教として別の組織が管理している。国民となるには、その国で洗礼を受けなければならないことになっていた。

洗礼式を終え皇宮へ戻るとすぐにお披露目《ひろめ》式の準備に取りかかった。式では皇帝による紹介のあと、集まった貴族たちから挨拶を受けた。事前に名前や爵位は覚えたとはいえ、顔を見るのはこれが初めてだ。頭の中で名前と顔を一致させる作業ですっかり疲れてしまった。

用意してくれたミルクたっぷりのお茶を飲むと甘味が身体中に染み渡り、疲れが消えていくようだった。

「でも夜会はこれからよ。頑張ってね」

「……ええ」

お披露目《ひろめ》式は皇女としてだが、夜会はルイスとの婚約披露の場となる。そのためドレスやアクセサリーも全て替えるのだ。ドレスは小花を描いた白いレースをまとった薄紅色で、お披露目式《ひろめしき》の重厚感のある装い《よそおい》と打って変わり、こちらは明るく華やかな雰囲気に包まれていた。

「まあ、本当にローズは何を着ても似合うわ」

最後に薔薇の髪飾りを着けると、ローズの全身を見回してアメリアはその顔をうっとりとさせた。

「それじゃあ、私もあとから行くわね」

「ええ、手伝ってくれてありがとう」

本来ならばローズの身支度は侍女たちが行うが、アメリアは自らも手伝いたいと志願したのだ。

「ローズのドレス姿を最初に見られるなんて特権だもの」

そう笑顔で言ったアメリアに見送られて廊下へ出ると、勲章《くんしょう》を飾りつけた、騎士の正装に身を包んだルイスが待っていた。

「綺麗だな」

「ありがとう。ルイスも素敵だわ」

前髪を上げていつもより大人びた雰囲気のルイスにほほ笑むと、ルイスも笑みを返してローズに手を差し出した。

「ルイス・エインズワース卿、ローズ殿下。ご入場です！」

大広間に入った二人を大きな歓声が包み込んだ。

見回すと先刻のお披露目式《ひろめしき》より多くの人々がいる。お披露目式《ひろめしき》は爵位を持つ者とその妻しか参加できなかったが、夜会は子息も参加できるのだ。

祝福の言葉と歓声を浴びながら二人は誰もいない広間を進み中央に立った。向き合い、お辞儀をしてから再び近づくとルイスがローズの腰へ手を回し、もう一方の手でローズの手を取る。音楽が流れ始めると今日の主役によるファーストダンスが始まった。

人前で踊るのは違法賭博場での仮面舞踏会以来だったが、誰もいない広間を大きく使い力強く踊る、息の合った二人のダンスに見守る観客から感嘆のため息がもれた。

「本当にお似合いの二人ですわね」

カンターベリー侯爵夫人が隣に立つ夫に向かって言った。

「ローズ殿下はお心も広い、素晴らしい方ですわ」

「一回茶会で会っただけでそんなことが分かるのか」

「社交界に長くいればそれなりに分かります。アトキンズ伯爵夫人も仰《おっしゃ》っていましたわ、とても親身になって助けてくださったと」

アトキンズ伯爵の名前に、カンターベリー侯爵は露骨に眉をひそめる。

「皇女らしく、大人しく城にこもっていればいいものを」

「……悪いことは、いつかは白日の下にさらされるものですわ」

夫を横目で見て夫人は言った。

「いい機会と思って、もうあのような方々と取り引きなさるのはおやめになった方がよろしいかと」

「――ふん」

不快そうな顔を隠さない夫に、夫人は小さくため息をついた。

(まったく。あの小娘のせいで重要な資金源を失うとは)

侯爵は踊るローズとルイスをにらむように見つめた。

違法賭博を仕切っていたシャルル商会はカンターベリー侯爵家の主要な取引相手だった。公《おおやけ》での取引だけでなく、裏の違法な取引も多く、そのおかげで税金を逃れ資産を増やしていた。だがシャルル商会長が捕まり、商会が解体されたことで大きな収入源を絶たれてしまったのだ。

商会に捜査が入ったのは違法賭博場に男女二人が乗り込んできたからだ。一人はルイス・エインズワース。もう一人の女は素性不明だったが、その場に居合わせた騎士たちによってあとでローズ皇女だと分かった。二人の目的は懇意《こんい》にしているアトキンズ伯爵に頼まれ、婿《むこ》候補の父親であるファーノン伯爵が違法賭博に関わっているか調べるためだったというが、二人が派手に暴れたせいで国が動き、シャルル商会は解体されてしまった。

(ファーノンめ……派手に遊びすぎだ)

夜会のサロンでポーカーに興じるファーノン伯爵の姿に、この男はギャンブルに溺れやすい性格だと見て違法賭博へ誘った。案の定彼は多額の金を落としたが、段々と賭博以外での金遣いも荒くなり、結果このありさまだ。

シャルル商会による違法賭博事件はルイス・エインズワースがその摘発に関わっていたことが知られたせいで、他の違法賭博場へ通っていた客も警戒し、どこも閑散《かんさん》としているという。

（エインズワースめ……やつらが力を持ちすぎるせいで我々まで利益が回らないのだ）

帝国の筆頭貴族で皇家の血縁であり、騎士団や軍を掌握するエインズワース公爵家。その将軍の影響力は皇帝にも匹敵し、財力は計り知れない。

カンターベリー侯爵は娘をルイスに近づけさせ、縁者となることで自身も権力と富を得ようと目《もく》論《ろ》んだのだが、娘はまったく相手にされないどころか皇太子妃を怒らせる失態を犯してしまった。

（しかし、まだ手段はあるはずだ）

踊るローズたちを見つめながら侯爵は次の計画を思案した。


「ローズ殿下！　とても素敵でしたわ」

「ご婚約おめでとうございます」

ファーストダンスを踊り終えたローズとルイスの元に令嬢たちが集まってきた。

「ありがとう」

「本当はガーデンパーティのときにご挨拶したかったのですが……」

「あのときは残念でしたわね」

「カンターベリー侯爵令嬢はいつもルイス様につきまとって、見苦しかったですわ」

「こんな素敵なお相手がいるルイス様が見向きもするはずありませんものね」

（悪意はなさそうね……悪口は感心しないけれど）

口々に誉めそやす令嬢たちはローズに好意的なようだ。皇女という立場のローズを悪く言えるはずもないが、内心ではよく思っていない者も中にはいるだろう。現に好ましくない視線も感じているけれど、少なくともここに集まった者たちからは感じられない。

「ところで、皆様お名前はなんと仰《おっしゃ》るのでしょう」

「まあ、ご挨拶が遅れてしまいましたわ」

親しくしても問題なさそうだと判断し、ローズが名前を尋ねると令嬢たちは口々に名乗った。その家名と、覚えた爵位や皇家との関係とを頭の中で照らし合わせていく。

その後もお披露目《ひろめ》式に参加しなかった令嬢や子息が代わる代わる挨拶に来るのをローズは笑顔で対応していった。

「ローズ殿下。ルイス様。皇太子妃殿下がお呼びです」

さすがに疲れてきたところを見計らったようにアメリアがやって来た。

アメリアに案内されて二階のバルコニーへ向かうと、ルチアーナとスチュアートが待っていた。

「ローズ、ルイス。疲れただろう。少し休むといい」

スチュアートが二人を笑顔で迎える。

「ありがとう、兄様」

「顔がこわばっているわよ、ローズ」

ルチアーナがイスを勧めながら言った。

「……久しぶりの作り笑顔は疲れます」

オルグレン王国にいた頃は常に作り笑顔だったけれど、帝国に戻ってからは表情を作る必要もなかったので、すっかり作り方を忘れてしまっていた。

「ふふ、そのうち慣れるわ」

「やはり帝国は貴族も多いですね」

ローズは大広間を見回した。

ベイツ帝国は過去、いくつもの国を併合してきたためオルグレン王国より領地も広く、人口も多い。王国のそれよりもずっと広い大広間は大勢の貴族たちであふれていた。

「名前を覚えるのが大変そうで……」

「ゆっくりで大丈夫よ」

「どうせ一年で皇籍を離れるんだから、大変なら社交も最低限でいい」

ローズの肩に手をのせてルイスが言った。

「公爵家に嫁《とつ》いでも貴族の名前を覚える必要はあるし、社交も大切よ」

「ルイス、お前も婚約者ができたのだからこれからは社交界に出るんだぞ」

眉をひそめたルチアーナの隣でスチュアートがあきれたように告げた。これまで面倒だと社交の場に出なかったルイスだが、公爵家の嫡男として、これからはそうもいかなくなる。

「ダンスだって、今日初めて人前で踊っただろう。今後はちゃんと夜会にも参加してもらうからな」

「夜会には参加しても、俺はローズ以外とは踊らない。父上も母上としか踊ったことがないはずだ」

ルイスはそう返した。

「……エインズワースって本当に特権すぎるわよね」

ルチアーナはため息をついた。ダンスは社交界で交流を深めるために大切なものなのだが。

「ルイスにそこまでは求めていないよ。でもローズには他の者とも踊ってもらうよ。夜会に華を添えることも皇女の役目だ」

はなから諦めているスチュアートはそう言ってローズを見た。

「だからローズ、休憩が終わったら私と踊ってくれるかい」

「はい」

不満げな顔を見せたルイスの側で、ローズは笑顔でうなずいた。


大広間にローズをエスコートしたスチュアートが現れると歓声が聞こえた。

「ローズがいると華があるね」

周囲の反応を肌で感じながらスチュアートが言った。

「そうですか？　でも、ルチアーナ姉様のほうが華やかだと思います」

「ルチアーナはね……怖い印象のほうが強いから」

「怖い？」

「彼女は父上や宰相と対等にやり合うからね。怒らせてはいけないというイメージが強いし、本人もそれを望んでいる節がある。だからローズには愛らしいイメージを持っていてほしいんだ」

「愛らしい……ですか」

「今のままで大丈夫だよ」

思わず顔を引きつらせたローズにスチュアートはそう告げた。

「……私は自分が愛らしいとは思いません」

「そう？　ローズは可愛いよ」

「……ありがとう、ございます」

「じゃあ踊ろうか」

顔を赤らめたローズを引き寄せると、スチュアートは音楽に合わせて踊り出した。

「まあ……息も合っていて、素敵な兄妹ですわ」

「とても華やかですわね」

「ローズ殿下はお名前どおり、薔薇のようなお方ですわね」

二人が踊るのを見守っていた観衆が口々にささやく。

皇帝が養女を迎えたといううわさはすぐに広まった。ガーデンパーティではトラブルが起きたせいでわずかに顔見せしただけだったこと、エインズワースの血を引くその養女が他国の王に決闘を自ら申し込み、勝ったことなど。皇女の話題は色々と耳にしていたが、多くの貴族にとってその姿を見るのは今日が初めて。そんな彼らの目に、美しさと強さを兼ね備えた皇女は帝国にふさわしい存在に映っていた。

（ローズを皇女に迎えて正解だったな）

貴族たちからの歓迎の空気を感じ取りスチュアートは安堵した。ローズを皇女に望んだのは個人的な理由もあったが、帝国にとっても有益だったことは間違いないだろう。

ダンスを終えるとスチュアートはローズを連れて大広間を歩いた。皇太子に声をかけようとする相手を目線で制し、何人かには応対してローズに紹介する。いずれも皇家に近い家柄の者だ。

「とりあえず、今日会っておくべき相手とは会えたな」

そう言ってスチュアートはローズを見た。

「バルコニーへ戻ろうか」

「はい」

「皇太子殿下」

大広間から出て廊下を歩いていると声が聞こえ、振り返ると青年が立っていた。

「ローズ殿下へご挨拶と、謝罪のお許しをいただけますでしょうか」

「……ああ」

「謝罪？」

うなずいたスチュアートをローズは不思議そうに見上げた。

「殿下には初めてお目にかかります。ニコラス・カンターベリーと申します」

青年は膝を折るとそう名乗った。

「先日は妹が大変ご迷惑をおかけし、誠に申し訳ございませんでした」

「……ああ、ガーデンパーティのときの」

ローズにワインをかけた侯爵令嬢の、兄ということか。ローズはニコラスに向き直った。

「初めまして。謝罪なら侯爵や夫人から既にいただきましたから。もう済んだことですわ」

「お優しいお言葉、ありがとうございます。ですが、妹がルイス卿につきまとっているのを知りながら止められなかった私にも責任がありますから」

「そうでしたか。でも本当にお気になさらないでください。もう終わったことです」

「なんとお優しい……本当に、ありがとうございます」

嬉しそうに笑顔になると、ニコラスは深々と頭を下げた。

(お兄さんのほうはちゃんとしていそうね)

「ローズ」

再び歩き始めたローズにスチュアートが小声で口を開いた。

「カンターベリー家には近づかない方がいい」

「どうして?」

「侯爵は野心家だ。娘がルイスに近づいたのも侯爵の意向があるだろう。ニコラスは礼儀正しい好青年という評判だが、腹の底がどうかは分からないからな」

「そう……分かったわ、お兄様」

ニコラスは悪人には見えなかったけれど、スチュアートを見上げてローズはうなずいた。

＊＊＊＊＊

「これが今月の予定よ」

ルチアーナの執務室を訪ねたローズに、アメリアが紙の束を差し出した。

「……視察や慰問《いもん》ばかりね」

それはローズが訪れる場所の資料で、帝都の市場や博物館といった名所や孤児院など、様々な場所が記されていた。

「まずは国民にローズの顔と存在を知ってもらうためなの。それにローズにも帝国のことを知ってもらわないとならないし。私も嫁《とつ》いで最初のころは視察と慰問《いもん》が中心だったわ」

ルチアーナが言った。

「ローズは他国の王様に決闘で勝った『剣姫』として既に有名だから、うちに来てほしいという要望がたくさん来ているのよ」

そう説明したアメリアは、机に置かれた別の紙束を示す。

「これ全部要望書なの」

「こんなに……」

「全て行く必要はないわ。あとはしばらく、私が開くお茶会に一緒に出て貴族たちと交流してもらうわ。慣れたらローズ主催のお茶会も開きましょう」

顔をひきつらせたローズにルチアーナが言った。

「……はい」

「慣れるまで大変だと思うけれど、ローズなら大丈夫よ」

ぽん、とルチアーナはローズの背中を励ますように叩いた。

(覚悟はしていたけれど……やっぱり大変そうだわ)

オルグレン王国で第二王子の婚約者だったときも慰問《いもん》へ行くことはあったけれど、あのときよりもびっしりと入った予定にローズは内心ため息をついた。

(……でも、結婚するまでの間だから……)

「ああ、ちなみに結婚後もローズには皇族として公務をしてもらう予定よ」

心の声が聞こえたかのようにルチアーナが言った。

「結婚後も……？」

「エインズワース家は準皇族の立場なの。でもルイスや将軍はあてにならないから、ローズには皇族の一員であり続けてほしいの」

「そう……ですか」

「実際のところ、ルチアーナ様だけだと手が足りなくて」

アメリアがため息をつく。

「皇族は数が少ないでしょう。だからローズには外での公務をお願いしたいわ」

「そうなのね……分かったわ。お姉様の役に立てるよう、頑張るわ」

確かに、皇太子夫妻と皇帝の三人だけで全ての公務をこなさないとならないのは大変そうだ。

「ありがとう！　嬉しいわ」

ルチアーナは立ち上がるとローズを抱きしめた。

「ちゃんとルイスと会う時間は確保するわ。まだローズが皇宮で暮らすことに文句を言っているのよ。結婚したら何十年も一緒にいられるんだから、一年くらい我慢すればいいのに」

「そうですね……でも、私もルイスと別の場所で暮らすのは少し寂しいです」

一カ月以上、同じ家で一緒に暮らしたルイスと離れて、彼と昼間のちょっとの時間しか会えないことに、ローズは物足りなさや寂しさを感じていた。

「まあ」

ローズの言葉にルチアーナは目を見開き、アメリアはきゃあと声を上げた。

「もう新婚みたい！　いいわねえ」

「そういうアメリアはどうなの？　先日もお見合いをしたけれど断ったと聞いたわ」

ルチアーナはアメリアを見た。

「宰相も心配しているわよ」

「私はいいんです。結婚しても仕事を続けることを認めてくれる人じゃないと結婚しませんから」

アメリアは口を尖らせた。

「貴族の妻にとって仕事は社交だからそれ以外のことはするな、政治の仕事なんかやめろなんて、おかしくないですか？　女だって政治は分かるし、ずっと勉強してきたんです」

「そうね、アメリアは優秀な政務官よ。私も助かっているわ」

「ありがとうございます！　私、一生ルチアーナ様の下で働きますから！」

（そういえば……アメリアは子供の頃も政治家になりたいって言っていたわね）

宰相を輩出する政治家一族に生まれ、父親と同じ宰相になりたいと言ったアメリアに、女は宰相にはなれないと兄のアランが返して二人で言い争っていたことをローズは思い出した。

＊＊＊＊＊

「皇太子殿下。ようこそお越しくださいました」

夜会の会場に到着したスチュアートとローズを、テイラー伯爵夫人が出迎えた。

「本日はローズ殿下がパートナーなのですね」

「妹は今夜のような夜会は初めてなので、経験させようと思ってね」

「そうでしたか。ローズ殿下は熱心に慰問《いもん》に行かれているそうですね。あちこちからよい評判が届いておりますわ」

「ありがとうございます。まだ知らないことが多いので勉強させていただいています」

ローズは笑顔で答えた。今夜はテイラー伯爵主催の夜会で、チャリティーを兼ねている。参加者は金品を持参し、集まったそれらを孤児院などへ配るのだ。

「殿下は勉強熱心で素晴らしいですわね。それではサロンに案内いたしますわ」

伯爵夫人が二人を連れていった部屋には、宝石や絵画といった様々な品物や目録が飾られていた。皆、今夜寄付されたものだ。

「まあ、綺麗な短剣」

ローズは一本の短剣に目をとめた。ローズが愛用しているダガーよりも小ぶりで、柄にはルビーがはめ込まれている。唐草《からくさ》模様が彫り込まれた金色の鞘にチェーンがついているのが珍しい。

「抜いてみてもいいかしら」

伯爵夫人に尋ねてローズは剣を鞘から抜いた。ほとんど使ったことはないのだろう、刃は少し曇《くも》っているが傷はなく、磨けば綺麗になりそうだ。

「その短剣は旅の護身用で、宝石はいざというときに売って路銀にするためのものですわ」

「だから首に下げて隠し持てるよう、チェーンがついているのね」

「気に入ったのかい？　ローズ」

宝石がついているとはいえ、普通の令嬢ならばまったく興味を示さない剣にくぎづけの妹にスチュアートは苦笑した。

「欲しいなら買い取るよ」

「え？」

ローズはスチュアートを振り返った。

「寄付された品物は他の方が買い取っていただくことも可能ですの。寄付するにはお金に換えないとなりませんから。こちらも売却の手間が省《はぶ》けて助かりますわ」

伯爵夫人が説明した。

「いいの？　スチュアート兄様」

ローズは目を輝かせた。

「ああ」

「これなら視察のときに持っていっても怒られないわね」

「いや……それはどうかな」

先日視察に行くときに、自衛用にダガーを隠し持っていこうとしたのが見つかりルチアーナに怒られたのだ。けれど護衛の近衛騎士たちが同行するとはいえ、丸腰だと落ち着かない。

「これならネックレス代わりになりそうなのに……」

「ドレスに剣を下げるのはおかしいからな」

剣に視線を落としたローズに、スチュアートはあきれたような目を向けた。

「ふふ、さすが『剣姫様』ですわね」

伯爵夫人がほほ笑んだ。

「確かにドレスと剣は合わないですが、ローズ殿下ならばお似合いでしょうね。チェーンをもっと華やかなものに替えてみてはいかがでしょう」

「あ……それはいいかもしれないわ」

「ローズ殿下にしかできない、新しいファッションになると思いますわ」

他の者ならおかしいだろうが、剣姫として有名なローズならば短剣のネックレスはむしろ彼女らしい装《よそお》いに見えるかもしれない。

「……とりあえずこの短剣はこちらで引き取ろう」

それでもルチアーナは怒るだろうと思いながらスチュアートは言った。

「ありがとうございます。それでは売約済みといたしますわね」

伯爵夫人はテーブルに戻した短剣に赤いリボンをつけた。見ると周囲に展示された品物のいくつかにも赤いリボンがついている。それらも売約されたのだろう。

他の品も一通り案内してもらうと、二人はサロンを出て大広間へと向かった。中では既に大勢の人々がダンスや会話に興じている。

「この夜会は貴族だけでなく、一定以上の寄付をすれば商人も参加できる」

スチュアートが言った。

「寄付されたものは全て公表されるから、皆張り合って多額の金品を寄付するんだ」

「なるほど……」

「せっかくだから踊ろうか」

「はい」

差し出した手を取りローズとスチュアートが広間の中央へ入っていくと、皆がサッと場所を空《あ》けた。自然、中央に二人で立つことになる。

踊り始めると周囲から感嘆のざわめきが聞こえた。お披露目《ひろめ》以降、ローズは何度か夜会に出ていてその度《たび》に注目を集め賞賛の声を聞くが、まだ慣れなくてくすぐったい。

「ローズに感謝することがあるんだ」

周囲からの視線を気にすることなく、スチュアートは踊りながらローズに笑みを向けた。

「感謝？」

「ルチアーナが、子供を作ることに前向きになってくれたんだ」

「……前向きではなかったの？」

「彼女は仕事人間だからね、仕事に支障をきたすのが気がかりだったらしい。でもローズが外での公務を引き受けてくれているから、皇宮内で政策に専念できるなら大丈夫だろうって」

「そうだったの……お姉様の役に立てるなら嬉しいわ」

「なるべく子供の数は多い方がいいし、大臣たちからも急《せ》かされ始めていたからね。一人目は早いに越したことはない」

ルチアーナが嫁《とつ》いで二年。確かに周囲はそろそろ跡継ぎに期待しているだろう。

「ローズは子供の頃、皆と皇宮で遊んだのを覚えている？」

「はい」

「あの頃はにぎやかだったなと、父上が懐かしそうにつぶやいていてね。自分は息子一人しかいないのを残念に思っていたみたいだ。だから私はなるべく多く子供を欲しいと考えている。ローズとルイスにも頑張ってほしいけれどね」

「……が、がんばります」

顔を赤らめながらローズは答えた。

一曲踊り終えた二人に男が歩み寄ってきた。今日の主催、テイラー伯爵だ。

「皇太子殿下。本日はようこそお越しくださいました」

「ああ、テイラー伯爵。楽しませてもらっているよ、今回も盛況なようだね」

「ありがとうございます。実は、ローズ殿下にご紹介させていただきたい者がいるのですが」

「私に？」

「先ほど妻から、殿下が短剣を買い取られたと伺いまして。寄付主がぜひご挨拶したいと」

テイラー伯爵は後ろの男を示した。

「ラーズ商会の商会長です」

「初めてお目にかかります」

商会長は深々と頭を下げた。

「あの短剣は華やかすぎて買い手がなく、宝石だけでも活用いただければと寄付したのですが……まさか殿下のお目に留まるとは、光栄でございます」

「ええ、とても素敵で一目で気に入ったわ」

ローズはほほ笑んだ。

「はい、殿下にはきっとよくお似合いでしょう」

「ラーズ商会は寄付いただいた短剣のような、個性的な武具が得意です」

テイラー伯爵が言葉を続けた。

「個性的な武具？」

ローズの目が光る。

「ドレスにも似合うものがあるのかしら」

「ドレスですか？　さすがにそのようなものはございませんが……うちで抱える職人に作らせること ならば可能かと」

「まあ、本当に？」

「ローズ……」

「ねえお兄様。お願いしてもいいかしら」

スチュアートが止めようとするより先にローズが尋ねた。

「ドレスに合う武具など作ってどうするんだ。夜会に武装して出るつもりか？」

「万が一のために備えておいてもいいと思うの」

「万が一の事態なんて起きないだろう」

「だめ？」

上目遣いでスチュアートを見つめる瞳がシャンデリアの光を反射して銀色に揺らいだ。

「……ラーズ商会は直接の取引がないから皇宮へは呼べないんだ」

「お店に行くわ」

「……ルイスと一緒に行くならいい」

「ありがとう、お兄様！」

ため息をついてスチュアートが答えると、ローズの顔がまるで花開くように輝いた。

「さすがの皇太子殿下も妹君には敵《かな》わないようですね」

二人のやりとりを見守っていたテイラー伯爵が口を開いた。

「もう甘やかす年でもないのだが……」

「仕方ありませんね、このように可愛らしい妹君では」

公式の場ではいつも冷静な態度を崩さない皇太子の、困りながらも満更でもない兄らしい表情に
テイラー伯爵はほほ笑んでそう言った。

伯爵たちがその場を去ると、入れ替わるように別の男がやって来た。

「皇太子殿下。少しよろしいでしょうか」

小声で男が何かささやくと、スチュアートは眉根を寄せてローズを見た。

「ローズ、私は少し向こうで話がある。ここで待っていてくれるか」

「ええ」

「すぐに戻るから」

そう言い残してスチュアートは大広間から出ていった。

(どうしようかしら……)

飲み物でももらってこようかと思っていると、誰かが近づいてくる気配を感じ振り返る。

「ローズ殿下」

カンターベリー侯爵の息子ニコラスが立っていた。

「ごきげんよう、ニコラス様」

「あ……お名前を覚えていただけたとは、光栄です」

一瞬驚いたように目を見開いて、ニコラスはすぐに破顔した。

「皇太子殿下はご一緒ではないのですか」

「兄は少し外していますの」

「そうですか……あの」

言いよどんで視線をそらすと、ニコラスは再びローズを見た。

「私が申し込める立場ではないことは分かっているのですが……もしもよろしければ、一曲お相手願えますでしょうか」

「……ええ」

一瞬迷ったが、パートナーのスチュアートとは既に踊ったのだから誰と踊っても問題ないだろう。

ローズは差し出されたニコラスの手に自分の手を重ねた。

「殿下とこうやって踊れるとは、夢のようです」

ローズをリードしながら、視線が合うとニコラスは嬉しそうに頬を緩めた。

「最近は仲間内で集まると殿下の話がよく出るんです」

「そうなの？」

「はい。殿下の美しさや強さ、優しさ……どんなドレスをお召しだったか、慰問《いもん》先での出来事など、皆殿下の行動全てに興味があるんです」

「……そう、なの」

お披露目《ひろめ》から約半年。皇女としてローズは各地への慰問《いもん》や視察、パーティなどに参加してきた。

どこへ行っても注目を集めているのは知っていたけれど、そこまでとは思っていなかったローズは思わず顔を引きつらせた。

「私も殿下の話を耳にするのを楽しみにしていました。本日こうしてお会いできて、さらに踊ることができてとても幸せです」

心から嬉しそうな笑顔でニコラスはそう言った。


「ローズ」

ニコラスとのダンスを終えるとスチュアートがやって来た。

「それでは失礼いたします」

深々と頭を下げてニコラスは去っていく。

「カンターベリーには近づかないようにと言ったはずだが」

ニコラスの後ろ姿を見送りながらスチュアートは言った。

「ダンスのお誘いをお断りするのも失礼でしょう？」

それにどう見てもニコラスからは悪意といったものを感じられなかった。

「何か話したのか」

「私のことが話題になっているって……」

スチュアートの表情が険しいのを見てローズは首をかしげた。

「お兄様はなんの話をしていたの？」

「ああ……ちょうど外交担当官がいて、明日報告予定の件を今聞かされた」

「問題が起きたの？」

「来月、アルディーニ王国の使節団が来ることは知っているな」

「ええ、第二王子が代表として来るって」

大陸の東方にあるアルディーニ王国とは、親交を深めるための交流が始まったばかりで、今回初めて王族の来訪が決まったと聞いていた。

「その代表が、王太子に変更になった」

「変更？」

「目的はローズだよ」

スチュアートはため息をついた。

＊＊＊＊＊

「ようこそいらっしゃいませ。お待ちしておりました」

ローズとルイスが店内に入ると、ラーズ商会長を始めとした従業員一同が並んで出迎えた。

「どうぞ奥へ」

案内された部屋には二人の男が待っていた。

「彼らは当商会で抱えている職人でございます。殿下がドレスにも合わせられる武具に興味がおありだということで、武具とは異なりますがこちらを試作してみました」

「まあ、素敵だわ」

テーブルに置かれたトレイの上に並べられたのは、丸く形作った蔦《つた》に剣を絡めたモチーフの、大小二つのブローチだ。

「小さい方はルイスにも似合いそうね」

そう言って、ローズはもう一つのトレイに視線を移した。そこには長いチェーンに付け替えられた、先日ローズが買い取った短剣が置かれていた。

「ずいぶんとチェーンが長くなったのね」

「こちらはこのように斜めにかけていただけるよう変更し、鞘の装飾も増やしました」

職人の一人が短剣を手に取ると、側に置かれたマネキンにかけ、ちょうど腰のあたりに短剣がくるよう調節した。チェーンは柄の上下二カ所で留めるように変更され、太さが異なる二本のチェーンが重ねてある。

「チェーンの色を変えたり、石をつけたりしても面白いかと思います」

「いいわね。これだったら剣も抜きやすいし、ドレスに着けてもおかしくはないわ」

「そんなにドレスに合わせたいのか？」

ルイスが尋ねた。

「だってダガーは禁止って言うから。装飾兼護身用にあってもいいかと思って」

「……夜会では無理だが、視察は場所によっては大丈夫かもしれないな」

ルイスはローズの頭をぽんとなでた。夜会では警備の者以外、騎士であっても武器の所有は禁じられているが、庶民も集まるような場所へ行くときは護身用に身に着けていてもいいかもしれない。実際に使わなくとも、ローズがそれを身に着けていることは周囲への牽制《けんせい》になるだろう。

「早速着けてみるわ」

マネキンから外した短剣をローズは身体に巻いた。鏡を見ながら長さや位置を調節する。短剣としては派手な装飾だが、ローズが着けると宝飾品のように見えた。

「これはこれは……とてもお似合いですね」

「ええ、本当に」

商会長と職人たちがうなずき合った。

「ありがとう。このブローチも気に入ったわ。夜会でも使えるように宝石をあしらったものを、男女おそろいで欲しいわ」

「承知いたしました。精一杯作らせていただきます」

職人は深々と頭を下げた。

「素敵なお店だったわね」

商会を出ると二人は歩き出した。今日は公務続きで忙しかったローズの息抜きも兼ねて、お忍びで街を散策することにしたのだ。視察で街に来た経験はあるが、自由に歩くのはこれが初めてだ。

「すっかり気に入ったようだな」

「ええ。剣ってアクセサリーにしても素敵ね」

ローズは胸元を見た。そこには商会で見た剣のブローチが飾られている。ルイスもタイに小さい方を着けた。本当は短剣も着けたかったのだが、街歩き用の装《よそお》いには派手すぎるしローズだとバレてしまうからと皆に止められた。

「それじゃあ、次はカフェに行くか」

「カフェ？」

「恋人同士で行くのにいい店があると部下から聞いたんだ」

そのカフェは、広い店内がいくつものカーテンで細かく区切られている不思議な店だった。

「こちらで靴を脱いでお入りください」

その区切りの一つに入ると、中にはクッションと脚の短いテーブルが置かれていた。明かりはテーブルの上に置かれたランプだけで薄暗い。

「床に座るのね。面白いわ」

テーブルの前に並んで座る。ドアはないが、カーテンが斜めにかけられているため外の様子は分かりにくいし中も見えにくい。隣とはカーテンで仕切られているだけなので大きな音を出せば聞こえてしまうが個室にいるような気分になる。狭いけれど不思議と落ち着く空間だ。

ローズが身を預けるようにルイスに寄りかかると、ルイスはローズの肩に手を回した。

「ルイスとゆっくり会うのも久しぶりね」

「そうだな」

ローズは公務が続いていて、ルイスも騎士団に入った新人の教育や、皇帝の視察に同行するなどで忙しくなかなか会う時間が取れず、会えてもほんの少しの間だったり護衛がそばにいたりでもどかしい気持ちになることも多かった。けれどこうやって二人きりでルイスの腕に包み込まれ、相手の体温と匂いを感じていると、忙しさで疲れていた心が癒やされていくようだった。

「昨日の会議で、アルディーニ王国使節団の議題が出た」

運ばれてきたお茶を飲みながらルイスが言った。

「……そう」

「ルチアーナが言っていたとおりだな」

ルイスはため息をついた。

使節団が来ることは以前から決まっていた。けれどその使者が第二王子から王太子へ代わったのは、彼がローズに興味を抱いたからだという。

半年前のお披露目《ひろめ》直前にローズがカルロ・ストラーニ国王と決闘したことは他国へも伝わった。騎士としても評価の高いストラーニ国王に自ら決闘を申し込み、勝ったベイツ帝国の皇女。その存在自体がこれまで知られていなかったため、余計に興味を引いたのだと。

武力国家でもあるアルディーニ王国の王太子もまた剣豪として知られている。おそらくローズのうわさを聞き、その腕前を自らの目で見たいのだろう。

「今度は決闘を認めないからな」

「分かっているわ」

眉をひそめたルイスにローズはほほ笑んだ。あれはカルロからの求婚を断るためにしたのであって、今回は求婚されているわけではない。それに王太子には婚約者がいて、今回の視察にも同行するという。さすがに求婚されるようなことはないはずだ。

「でも……私の剣が見たいって言ってくるんじゃないかしら」

「ローズの剣は見せ物ではないのだが」

ルイスはもう一度ため息をついた。

「それに、ローズが戦うところを見せたらまた惚れるやつが増える」

「そうなの？」

「ローズの剣は惚れるほど美しいからな。俺も見るたびに惚れ直している」

ルイスはそう言ってローズを見つめて笑みを浮かべた。

「……それはルイスだけでしょう」

ローズは頬を赤らめた。

「そんなことはない。現にストラーニ国王だって結局諦められなかっただろう」

「……諦めてくれると思ったのに。どうしてかしら」

理解できないという表情のローズにルイスは苦笑した。

見た目の美しさだけならば、鏡を見れば自覚できるだろう。けれどローズの美しさは戦うときにより強く表れる。それは自身で客観的に見ることが難しいのだ。

「まったく。ローズに惚れるやつが多すぎて困るな」

「……でも、私が好きなのはルイスだけだわ」

優しくて強くて、ローズのことを愛してくれる、唯一の存在。

皇女として、ルイスと離れて皇宮で暮らすようになってから、彼が側にいないことがどれだけ寂しいことなのか、ローズは毎日のように痛感していた。

「早く……結婚式がくればいいのに」

そうすればエインズワースの家に帰りルイスと一緒に暮らせるのに。

「そうだな」

視線を落としたローズの頬に柔らかなものが触れた。

「結婚すればこんな場所に来なくとも、二人きりになれるしな」

「そうね。でも、ここは素敵な場所だわ」

「じゃあ結婚してもまた来るか？」

「ええ」

笑みを交わしてしばらく見つめ合うと、二人はそっと唇を重ねた。


カフェから出ると、再び手を繋いで二人は歩き出した。

「ルイスは街へ行くことはあるの？」

「騎士団の見回りで行くくらいだな。皇都の構造を把握している必要があるから、団長を含めて全員が定期的に見回りをするんだ」

「そうなのね」

「街へ行ったところですることもないと思っていたが、こうやってローズと歩くのはいいものだな」

「ふふ。私も楽しいわ」

誰にも自分だと知られず、好きな人と一緒に賑やかな街並みを眺めながら歩く。それはとても幸せなことだと感じた。

しばらく散策していると、遠くから怒号や悲鳴のような声が聞こえてきた。

「なんだ」

二人は視線を合わせると音のするほうへ向かっていく。近づくと、何人もの男たちが集まり、ある者たちは言い争いをし、ある者たちは短剣を振り回しケンカをしているところだった。

「これはなんの騒ぎだ」

ルイスは近くにいた男に声をかけた。

「前にシャルル商会で働いていた連中の内輪揉《うちわも》めですよ。裏取引を密告したせいで職を失ったって」

「……ああ。もう処分が明けた頃か」

違法賭博場にいた男たちに、シャルル商会の違法取引を密告させる代わりに刑を軽くすると取引をした。結果、男たちは半年間の皇都追放処分となった。その期間が過ぎたためまた皇都に戻ってきたところで他の者たちと遭遇したのだろう。

「どうするの？」

ローズはルイスを見上げた。

「放っておくわけにもいかないだろう」

ルイスは腰に下げていた短剣に手をかけ男を見る。

「騎士か警備兵は呼んだのか」

「おそらく……」

「念のためもう一度呼びに行け。ローズはここから動くなよ」

言い残してルイスは男たちの元へ駆け出した。

「このっ」

揉《も》めていた男の一人が短剣を振りかざした。力任せにそれを振り下ろそうとした瞬間、強い衝撃が腕に走り短剣が手から落ちた。

「なんっ……」

振り返ろうとした男の身体が仰向けに倒れる。

「――おい」

ケンカし合っていた男たちがその動きを止めた。彼らの視線の先には道に倒れた三人の仲間と、その傍《かたわ》らに立つ男がいた。

「あっあれは」

一人が目を見開いた。

「せっかく刑を軽くしてやったのに、懲《こ》りないやつらだな」

短剣を手にしてルイスは男たちへと歩み寄った。

「ち、違うんです騎士の旦那！　俺らは商会の様子を見にきただけで、こいつらがいきなり襲ってきやがって……」

「騎士だと？」

「こいつか、賭博場に乗り込んできやがったのは！」

数人の男がルイスに向かって飛びかかってきたが、ルイスはそれを難なくいなしていった。

「ちっ逃げるぞ！」

男たちが走り出した。短剣を持ったままローズのいる方へと走ってきた男の視線の先に子供が二人立っているのを見た瞬間、ローズは駆け出した。

短剣を振り回しながら走ってくる男を見て驚きと恐怖で動けなくなった子供たちの前に飛び込む。

「どけ！」

短剣を突き出してきた腕をつかむとローズはその勢いを利用して身体をひねり、男を地面に叩きつけた。その拍子に被っていた帽子が落ちて真紅の髪があらわになると、騒動を見守っていた観衆からどよめきが起きた。

「この女っ」

別の男が飛びかかろうとしたが、ローズは素早く地面に落ちた短剣を拾い、柄で男のみぞおちを素早く突く。

「……剣姫様だ！」

男が崩れ落ちると歓声が上がった。

「ローズ殿下だ！」

「本当にお強いとは……！」

（あ……）

ローズは頭に触れた。特徴的な髪色を隠していた帽子が取れたせいで、自分だと分かってしまったのだろう。

「……大丈夫？」

ローズは動けずにいた子供たちをのぞき込むと、無言でこくりとうなずいた小さな頭をなでた。

「何事だ！」

「副団長⁉」

帯剣した警備兵と騎士たちが駆けつけてきた。

「シャルル商会に雇われていた連中が暴れていた。全員連行して聴取しろ」

騎士に命じると、ルイスは落ちた帽子を拾い上げてローズに手渡す。

「殿下！　ありがとうございます……！」

子供の親だろう、女性が駆け寄ってくると子供たちの肩を抱きながらローズに深く頭を下げた。

「怪我がなくてよかったわ」

「あんたたちもお礼を言いなさい」

「……ありがとう、ございます」

「ありがとう」

母親に促され、おずおずと口を開いた子供たちにローズはほほ笑んだ。

「なんとお美しい……」

「お優しくてお強いなんて」

「まさに薔薇姫様だ」

「――またルチアーナに叱られるな」

ローズに見惚《みと》れる市民たちに、ルイスは小さくため息をついた。

第六章

「こちらへ来て、初めて雪を見ました」

ベルタ・ウルバーノ公爵令嬢の視線の先、窓の外に広がる庭園に植えられた木々や花壇の上には、昨夜降った雪がうっすらと積もっていた。

「話には聞いていましたけれど、とても冷たくて。でも綺麗なものですね」

「アルディーニ王国では雪は降らないのですか」

「ええ。一年中東から暖かな風が吹きますから。冬がこんなに寒いというのも初めて知りました。

想像はしていましたけれど、やはり実際に体験してみないと分からないものですね」

ルチアーナの問いにベルタはそう答えてほほ笑んだ。

王太子イレネオを代表とするアルディーニ王国の使節団が到着したのは昨日のことだ。今日は使節団に同行したイレネオの婚約者ベルタを、ルチアーナがお茶に招いていた。

「……それにしても」

お茶を一口飲むと、ベルタはローズへ視線を送った。

「剣姫と呼ばれているなんて、どんなお強い方かと思っていましたが。想像と異なり驚きました」

「この身体で男性相手に剣を振り回しますの。見ているほうは怖くて……」

ベルタの言葉にルチアーナがため息をつく。

「道中もうわさを聞きました。『剣姫様』は婚約者の方と街へ出て、自ら治安を守っていると」

「それは……誤解なんです」

恥ずかしさと、ルチアーナからの視線が怖くて、手で顔を覆《おお》ってローズは答えた。

先日ルイスと街へ出かけたときにたまたまケンカに遭遇し、逃げようとした男から子供を守るために少しだけ手を出した。それを目撃した市民が尾ひれをつけて言いふらしたせいで、大げさに伝わってしまったのだ。

「それでも、ストラーニ国王に決闘で勝ったのは事実ですよね」

「……はい」

「しかもローズ殿下自ら決闘を申し込んだとか。その胆力と才能がとても興味深いと王太子殿下も仰《おっしゃ》っています」

「今回、使者が王太子殿下に代わられたのは、このローズの剣に興味があるからだと伺いました」

ルチアーナは手にしていたティーカップを置くとベルタに向いた。

「剣を見るためだけに、お二人でこの国まで来るには遠い距離かと思われますが」

アルディーニ王国とベイツ帝国は、間にルチアーナの母国マウラ王国を挟んでいる。わざわざ使者を代わり、しかも王太子だけでなくその婚約者まで来るというのは何か他に理由があるのではないか。ルチアーナがベルタをお茶に招いたのはその目的を聞き出すためだ。

「……我が国の王位継承についての内情はご存じでしょうか」

ルチアーナと視線を合わせてベルタは言った。

「ええ、大体は」

王太子イレネオは側室の子だ。王妃の産んだ第二王子は五歳下の十八歳。年長のイレネオが王太子と定められたが、第二王子が成長するにつれ、彼を王太子にという声が王妃と近しい貴族の間から上がるようになった。

イレネオがベルタと婚約したのは、筆頭貴族であるウルバーノ公爵令嬢と縁を結ぶことで、イレネオの後ろ盾を作り権力を高めるためだったが、そのせいで第二王子派との力が拮抗し対立が深まっているという。

「それに関して、最近第二王子の元にベイツ帝国の商人が訪れたという情報が入りました」

「帝国の商人が？」

ルチアーナは眉をひそめた。

「アルディーニ王国と我が国との交易は、民間で直接行うことは認めておりませんわ」

「ええ。もしかしたら今回の訪問も取引が目的の可能性があるのではと考えたため、色々と理由をつけまして、私たちが使者となったんです」

「そうでしたか」

「ぜひ皇太子妃殿下にもご協力いただきたいのですが」

「ええ、もちろんですわ。違法な取引の可能性があるならばこちらも見過ごせませんもの」

ルチアーナはほほ笑んだ。


「ああ、私も王太子から聞いた」

ルチアーナの報告を受けてスチュアートはうなずいた。女性陣がお茶をしている間、彼は王太子イレネオと会っていたのだ。

「今、国内の商会に不穏な動きがないか調べさせている」

「目的は何かしら」

「第二王子が王位についた場合の見返りを求めてか……あるいは武器の売り込みか」

「いずれにしても他国の政治に関与するなんて重罪ね」

「それじゃあローズに興味があるというのは口実だったのか」

ルイスが口を開いた。

「いや、それは本当のようだ」

スチュアートはため息をついた。

「今夜の晩餐会《ばんさんかい》でローズを隣にしてほしいと言ってきたよ。さすがに無理だと断ったが」

賓客《ひんきゃく》を招いての晩餐会《ばんさんかい》は席次が厳格に定められている。主賓《しゅひん》の要望とはいえ、さすがにそれを変えることはできない。

「ベルタ嬢もローズを値踏みしているようだったわ」

ルチアーナが言った。

「婚約者のいるローズに興味があるなんて……正直、王太子は信用できないわ」

「ああ。裏取引が事実だとしても、王太子側に肩入れするかは別の話だ」

アルディーニ王国とは最近交流が始まったばかりだ。王位継承争いに巻き込まれるのは不本意だし、相手を全て信用するのは早すぎる。

「こちらとしては商人の件を調べることと、ローズが巻き込まれないようにすることが大切だな」

ローズへ視線を送りながらスチュアートは言った。


使者一行と国の要人が参加しての晩餐会《ばんさんかい》は、両国の名産を使った豪華な料理を前に和《なご》やかな雰囲気で始まった。

（あれがアルディーニの王太子……確かに腕は立ちそうね）

ローズはスチュアートと談笑するイレネオをそっと窺《うかが》った。背も高く体格のいいイレネオは、厚めの生地で仕立てた服の上からでもよく鍛えてあることが分かる。

「王太子を見ているのか」

隣に座るルイスがささやいた。

「大剣が似合いそうだと思って。ルイスとはまた違うタイプよね」

力はあるけれど細身のルイスとは、戦い方も異なるのだろう。二人が戦うところを見てみたいと
ローズは思った。

「興味があるのか」

不機嫌そうな声に、ローズはきょとんとしてルイスを見た。

「……嫉妬しているの？」

「別に」

そう返しながらも不満そうなルイスの横顔に、ローズは口元を緩めた。

「興味はあるけれど、騎士としてよ。ルイスと戦ったらどんな感じになるかしらと思って」

「俺が勝つに決まっている」

「ふふ、そうね」

ローズは自信のある顔で言い切るルイスにほほ笑んだ。

「――ベルタが言っていたとおり、ローズ嬢は剣を持つようには見えませんね」

ローズへ視線を送りつつイレネオは言った。

「……そうですね」

「彼女がどう戦うのか見てみたいものです」

「申し訳ございませんが、妹は騎士ではありませんし、彼女の剣は身を守るためのものですので、見せるようなものではございません」

スチュアートはそう答えた。

「ストラーニ国王とは決闘したのでしょう」

「あれは、以前の因縁がありましたので」

「そうですか。それは残念です」

ローズを見つめる口元に笑みを浮かべてイレネオはつぶやいた。


晩餐会《ばんさんかい》のあとは、酒やデザートが並べられたサロンへ移動して談笑の時間となる。

「ローズ嬢」

アルディーニ産のワインを味見していたローズにイレネオが歩み寄ってきた。

「ワインは美味しいかい？」

「はい。甘くて、慣れない私でも飲みやすいです」

「我が国は温暖な気候でね、この国にはない産物がたくさんある。保存が利かなくて持ってこられないのが残念だが、代わりに持ってきたものがある。手を出してくれるかい」

「手ですか？」

「ああ、手のひらを広げて」

ローズが広げた手のひらに、イレネオはつややかに輝く、真っ赤な枝のようなものをのせた。

「綺麗ですね。これは？」

「珊瑚《さんご》だ」

「これが珊瑚《さんご》……初めて見ました」

海の宝石と呼ばれる珊瑚《さんご》はアルディーニ王国が接する海でのみ採れ、赤みが強いものほど希少だと聞いたことがある。

「我が国ではお守りとして贈ることが多い。近づきの印にあげるよ」

そう言って、イレネオは珊瑚《さんご》をのせたローズの右手を取った。

「ああ、確かに剣を持つ者の手だな」

女性にしては硬い手のひらを指先でなでるとイレネオは目を細めた。

「いい手だ」

「……ありがとうございます」

ローズが手を引くと、すかさずその手を側に来たルイスが取る。

「アルディーニでは許可なく初対面の女性の手に触れるものなのでしょうか」

「ああ、これは失礼。許されないとは知らなかった」

鋭い視線のルイスに、イレネオは軽く胸に手を当てて詫びた。

「行こう、ローズ」

手を引いてその場から離れたローズの背中を、イレネオはじっと見つめていた。

＊＊＊＊＊

「あの王太子……やっぱりローズを狙っているわね」

翌日、執務室でルチアーナが言った。

「そうですか？」

ローズは首をかしげた。

「貴女昨日、珊瑚《さんご》をもらっていたでしょう」

「はい」

「あれは求愛のときに贈るものなのよ」

「え……でも、お守りだって」

「自分が側にいないときは代わりにその珊瑚《さんご》が守るのよ。色が赤いのは血の色に似ているから、心臓に見立てて自分の心を捧げるという意味があるの」

「心臓!?　怖いですね」

アメリアが顔を引きつらせた。

「……でも王太子殿下って、婚約者がいらっしゃいますよね」

「アルディーニでは、国王が側室を持つことは普通なのよ」

「えっ、まさかローズを側室に!?」

従国ではない他国の皇女を側室になど、失礼すぎるだろう。

「ベルタ様を側室にするか、婚約を解消するという可能性もあるわ。ベルタ様は昨夜、婚約者が他の女性に言い寄っているのを冷めた目で見ていたもの」

ルチアーナはため息をついた。王太子の立場を強化するための婚約だ、あの二人の間に愛情はないのかもしれない。

「ストラーニ国王といい、どうしてローズに目をつけるのかしら」

「それはやっぱりローズが可愛いからですよ」

「いざとなったらまた決闘すれば……」

「それはだめよ」

ルチアーナはローズをにらんだ。エインズワースの血を引く妹は意外と好戦的なのだ。

「まったく。早く結婚式の日が来てくれないかしら」

皇女の結婚となると、国内中の貴族はもちろん、他国からも賓客《ひんきゃく》を招かないとならない。ドレスや宝飾品も特別に誂《あつら》える。そのためどんなに早くても準備に一年はかかるのだ。


昨夜の晩餐会《ばんさんかい》は一部の者だけが参加したが、今日の夜会は大勢の貴族が集まる。大広間は人々の熱気に包まれていた。

「まあ、あれがアルディーニ王国の衣装？」

「古風な雰囲気ですけれど、それが素敵ですわ」

賓客《ひんきゃく》である王太子とその婚約者が現れると、周囲からため息と感嘆の声が聞こえた。

ベルタは頭に華やかな羽飾りをつけていた。花や唐草模様が織《お》り込まれたドレスは肩を大胆に開け、その袖には大きな膨らみがつきリボンやレースで装飾がつけられている。細かな刺繍が施された幅広のリボンはこの国では見かけないものだ。

イレネオもまた細かな模様が織《お》り込まれた上着に、立派な羽飾りのついた帽子を被っていた。

「派手な羽根だな」

「でも可愛らしくて素敵だわ」

少し離れた場所からアメリアと一緒にイレネオたちを見守っていたアランは、背後のローズとルイスを振り返った。

「ところで、お前らのそのブローチはなんなんだ？」

「ふふ、素敵でしょう」

二人の首元に光るのは、先日ラーズ商会で注文した、剣とサファイアを組み合わせたブローチだ。思っていた以上に違和感なく、細工も凝《こ》っていて気に入っている。

「……二人らしいというか」

「ローズにはよく似合っているわ」

「ありがとう」

目を輝かせたアメリアにローズは笑顔で答えるとルイスを見た。

「踊りましょう」

「ああ」

二人は手をつなぐと踊る人々の中へと入っていった。

「……ルイスも変わったな」

「そうね」

以前は夜会に参加すらしなかったルイスが、楽しそうにダンスを踊っている。その笑顔を向けるのがローズだけだとしても大きな変化だ。

ローズたちが二曲目を続けて踊ろうとしていると歓声が聞こえた。見るとイレネオとベルタが踊るためにこちらのほうへやって来た。

イレネオたちは幼い頃に婚約したと聞いていた。互いを見る目は冷めているようにも見えたが、何年も一緒にいるからだろう、息の合ったダンスはとても見事だった。

（さすが王太子殿下は体幹がしっかりしているのね）

頭の大きな羽根がふらふらと不安定に揺れていないのを見てローズが感心していると、曲が終わったところでイレネオがローズたちの元へ歩み寄ってきた。

「ローズ嬢。一曲踊ってくれるかい」

「……はい」

他国の王太子からの誘いを断れるはずもない。ローズは一度ルイスと視線を合わせて、差し出された手を取った。

「やはり君はダンスも上手だね」

踊りながらイレネオはそう言った。

「身体を鍛えているのが分かる」

「ありがとうございます。殿下とベルタ様も素晴らしいダンスでしたわ」

「ベルタのようなドレスはどう思う？」

「とても綺麗だと思います」

「ローズ嬢も着てみたいかい」

「……そうですね。でも、私は今着ているようなドレスが好きです」

ローズが好むのは、軽くて動きやすいドレスだ。今日のドレスも動きにくいコルセットを使わず、フリルを入れたレースをスカートに重ねてボリュームを出している。ベルタのドレスは生地も厚くて重く、動きにくそうだ。

「そうか。ところで」

イレネオは大広間の端からこちらを見つめているルイスへと視線を送った。

「あの婚約者とは仲がいいのか？」

「はい」

「私とベルタは完全な政略でね。相手への愛情はない」

「……そうなのですか」

「彼女には恋人がいるしな」

「え」

ローズは思わず声を上げてイレネオを見た。

「それは……いいのですか」

未来の王妃が、王とは別に恋人がいるなど許されるのだろうか。

「心までは縛れないからな。それに公爵家の娘として親が決めた婚約に逆らえるはずもない」

「そうですが……」

「だから私も、愛する相手を探している。できればそうだな、ともに戦えるような強い相手がいい」

ローズをじっと見つめてイレネオは言った。


（……色々な関係があるのね）

ダンスが終わり、離れていったイレネオの後ろ姿を見送りながらローズは思った。自分も以前の婚約者アルルとの間にはまったく愛情がなかったけれど、かといって他に恋人を持とうなどとは考えつきもしなかった。

「ローズ殿下」

ルイスの元へ行こうと振り返ったローズの前に、ニコラス・カンターベリーが立っていた。

「恐れ入りますが、一曲お相手願えますでしょうか」

スチュアートに言われたことを思い出して断ろうかと思ったローズは、けれど彼の目を見て口に出しかけた言葉を呑み込んだ。

「……ええ」

ローズが差し出されたニコラスの手を取ると、二人は踊り始めた。

「またダンスのお誘いを受けてくださり、ありがとうございます」

「何か私に伝えたいことがありそうだったから」

ローズがそう言うと、ニコラスは驚いた顔を見せた。

「さすがですね。このような場でないと殿下と二人でお話しできる機会はないものですから」

「秘密の話かしら」

「はい」

ローズの手を持ち上げてくるりと身体を回すと、ニコラスはその耳に口を寄せささやいた。一瞬ローズは真顔になったが、周囲にそれを悟られないようすぐにその口元に笑みを浮かべる。

「それは、本当のこと？」

「信じていただけないかもしれませんが……私も母も、父にはやめてほしいと思っています」

ローズの顔を見つめてニコラスは言った。

「私は皇家、いえローズ殿下に忠誠を誓います。その忠誠に誓って嘘は申しません」

「……ありがとう、伝えてくれて」

ローズの言葉にニコラスは嬉しそうに破顔した。

＊＊＊＊＊

「更に積もったわね」

白く染まった窓の外を見ていたアメリアはローズを振り返った。

「ねえローズ、子供のときに皆で雪玉を投げ合ったことを覚えている？」

「ええ、覚えているわ」

「アラン兄様がローズとルイスから集中攻撃を受けて、雪まみれになっていたのよね」

「あのときのアランの顔、面白かったわ」

二人は顔を見合わせて笑った。

今日、イレネオたちは視察で街へ出ている。ルチアーナは会議のため不在の執務室で、ローズとアメリアは書類仕事がひと息つき休憩していた。

「子供の頃は雪で遊ぶのが楽しかったけど、今はもう寒いだけよね。でも王太子殿下たちは、わざわざ雪を見に植物園へ行ったのでしょう？」

温かなお茶を飲みながらアメリアは言った。

「向こうの国は雪が降らないから珍しいんでしょう」

「冬でも暖かいの？」

「そうみたい」

「いいなあ。寒いのは嫌いだわ」

ため息をついたアメリアに、だったらアルディーニ王国に嫁《とつ》ぐという手もある、と言いそうになった言葉をローズは呑み込んだ。昨日の夜会で聞いたイレネオの言葉から、彼が側室を探しているらしいことは分かった。自分に愛情を注いでくれる相手を望んでいるようなので、政務の仕事をしたいアメリアには無理だろう。婚約者のいるローズを口説《くど》こうとする人間性も不安だ。

(それに彼は……)

ガチャリと音がすると、ルチアーナが入ってきた。

「お帰りなさい。お茶を淹《い》れますか?」

アメリアが立ち上がった。

「ええ、お願い」

ルチアーナはイスに座るとローズを見た。

「ローズがニコラス・カンターベリーから聞いた話だけれど。事実の可能性が高いわ」

「本当ですか」

「アルディーニ王国へ入った商人が分かったの。複数いたことも悩ましいのだけれど……そのうちの一人が、最近カンターベリー侯爵と取引し始めたらしいわ」

「じゃあ、本当に侯爵が向こうに接触しようと……?」

「これからニコラス・カンターベリーを聴取する予定よ。今は可能性があるというだけだから、証拠を得ないと」

「……そういえば以前、お茶会の席でカンターベリー侯爵夫人が、シャルル商会の代わりになる商会を探していると言っていました」

　思い出してローズは言った。

「そう。それで知り合ったかもしれないわ。……最近カンターベリー侯爵が接触した商会を全て確認する必要があるわね」

　ふう、とルチアーナはため息をついた。

「ところでローズ、貴女夜会でアルディーニ王太子と踊ったでしょう？　そのとき何か話をした？」

「あ……ええと」

　ローズは二人にイレネオとの会話を伝えた。

「ええっベルタ様に恋人が⁉」

「……だからあんなに冷めた顔をしていたのかしら」

「でも未来の王太子妃に別に恋人がいるなんて……ありえないわ」

　アメリアは首を振った。

「それもあってローズを狙っているのかしら」

　しばらく思案するように視線を落としてから、ルチアーナは再びローズを見た。

「ローズ。王太子たちの滞在中、エインズワース家に行っている？」

「え？」

「これ以上口説《くど》かれて悪いうわさが立っても困るし、なるべく接触を避けたいわ。今の時期は外での公務もほとんどないから、そうね、公爵夫人としての勉強があると理由をつけましょうか」

「はいっ」

エインズワース家に帰れる。ローズは目を輝かせた。

「お帰りなさいローズ」

その日、早速ルイスとともにエインズワース家に戻ったローズを公爵夫人が出迎えた。

「ただいま帰りました」

「ちょうどよかったわ。貴女の部屋をそろそろ用意しようと思っていたの」

ローズと抱擁《ほうよう》すると夫人は言った。

「部屋の用意？」

「ルイスと結婚したら部屋を移らないと。夫婦の部屋も用意しないとならないし」

「あ……はい」

夫婦という言葉を聞いてローズは顔が熱くなった。

「ふふ、どんな家具や内装がいいか決めないとならないわね。早速商会を呼ぶ手配をするわ」

「クレアはローズが嫁《とつ》いでくるのを心待ちにしているからな」

楽しそうな夫人を見ながら将軍が口を開いた。

「そうなんですね」

「もちろん私も心待ちにしているよ」

「はい、私もです」

ローズは将軍を見上げると笑みを向けた。

事前に帰ることを伝えてあったからだろう、ローズの好きな料理が並んだ夕食を久しぶりに四人で楽しむと、ローズは部屋へと戻ろうとした。

「ローズ」

歩み寄ったルイスがその手を取った。

「今夜は月が綺麗だ。見にいくか」

「月？　ええ、行くわ」

エインズワース家は屋敷の数カ所に見張り塔が立っている。そのうちの一つからは月がよく見え、今の季節は特に美しく見える。子供の頃、ルイスと二人でよくそこから月を眺めていた。

毛皮のコートをはおり、長い螺旋《らせん》階段を上《のぼ》って監視部屋に着く。見張り窓から顔を出すと、冬の冷たく澄んだ空を大きな月が煌々《こうこう》と照らしていた。

「綺麗……」

オルグレンにいた頃、夜空を見上げるのは心細くて寂しいときだった。月を見つめては帝国の空を思い出した。皇宮からでも月はよく見えるけれど、やはりこの窓から見える月は別物のように思う。ずっと焦《こ》がれていた月だ。

「私、ここから見る月が一番好きだわ」

「そうか？　俺はローズと一緒に見るなら場所はどこでもいい」

ルイスは後ろからローズを抱きしめた。

「寒くはないか」

「いいえ、暖かいわ」

（ああ……そうか、ルイスと一緒に見る月だからなんだ）

二人で見るから月がとても綺麗に輝いているように感じるし、ルイスの体温が身体を包み込んでくれるから寒くはない。抱きしめる腕の強さも、耳元で響く声も、全てが心地よい。

心が満たされていく感覚がこの先何十年も続くのだと思い、胸がじんわりと温かくなった。

「どうした？」

自分を見上げてじっと見つめるローズにルイスは首をかしげた。

「好きな人と結婚できるのって、幸せだなあと思って」

「……そうだな」

ローズの唇に柔らかなキスがそっと落ちてきた。

＊＊＊＊＊

「ローズ。皇宮から使者が来たわ。午後、貴女に来客があるって」

「来客？」

本を読んでいたローズは公爵夫人の言葉に首をかしげた。

「どなたでしょう」

「それが……アルディーニ王国の、ベルタ・ウルバーノ公爵令嬢なの」

「ベルタ様？」

ローズは目を見開いた。

「お一人ですか？」

「そのようね」

（王太子殿下と会わないように皇宮を離れたのに……まさかベルタ様が会いにくるなんて）

わざわざ公爵家まで訪ねてくるとはなんの用事だろう。

考えても分からないので、ともかく準備をしてベルタの到着を待った。


「押しかけてしまって申し訳ございません」

屋敷を訪れたベルタは挨拶もそこそこにそう謝罪した。

「いえ……」

「どうしても息が詰まってしまって。気分転換をしたいとこちらへ伺わせていただきました」

「息が詰まる？」

「皇宮や王宮という場所は人が多くて、疲れるんです」

「……それは、分かります」

ローズ自身も半年以上皇宮で暮らしてきて経験している。皇宮はとにかく人が多い。身の回りの世話をする侍女の数も多いし護衛も常に側にいる。その他にも働いている者が個人の屋敷よりはるかに多く、常に人の気配がして気疲れしてしまう。まして他国の皇宮だとより気疲れするだろう。

「私、大勢の前に出るのが苦痛で……本当は静かに過ごすのが好きなんです」

「そうなのですか？　そうは見えませんでしたが」

見た目も華やかで美しく、お茶を飲む仕草も完璧なベルタは夜会のときに緊張している様子もなかったし、その立ち振る舞いも優雅で、とても苦痛だったようには思えなかった。

「取り繕うことには慣れましたから」

視線を落としていたベルタはローズを見た。

「だから、もしもこの立場を代わってくれる方がいればと、ずっと願っていたんです」

「それは……」

「異国に剣姫と呼ばれる方がいると聞いた王太子殿下が興味を持ったと知って、これはと思ったのですけれど。……ローズ殿下は婚約者の方と、とても仲がいいそうですね」

「ええ」

「夜会のときも、幸せそうに見つめ合っているのを見て、急に自分が恥ずかしくなりました」

「恥ずかしい？」

「自分がつらいから、逃げるために遠い国まで来て……慕い合うお二人を引き離してまで、何をしようとしているんだろうって」

ベルタは再び視線を落とすとため息をついた。

「王太子殿下に言われたそうですね、私に恋人がいるって」

「……ええ」

「そういう相手ではありません。それなのに、たやすく他の方に言いふらして……挙句『男は側に置かせてやるから愛人にでもすればいい』などと言われて……」

「側に？」

「護衛騎士です。でも、彼とは本当に何もありません。お妃教育でつらいときに支えてもらって……確かに、少し心が惹かれたことはあります。でも、それだけです。……支えがないと、自分の心が壊れてしまいそうでしたから」

「……分かります」

ローズはうなずいた。

「私も元々、オルグレン王国で第二王子と婚約していました。あの頃はとても孤独で……私にとって心の支えはこの国にいる人たちでした」

わずかな時間で自分を認めてくれたカルロに少し惹かれてしまったように、つらい環境の中で自分を受け入れてくれる人がいるならば、心を寄せてしまうのも仕方ないだろう。

「そうでしたか」

弱々しく笑うと、ベルタは顔を窓の外へと向けた。

「……本当に、雪というものは綺麗ですね。世界が真っ白に染まって……心が洗われるようです。この景色を見ていて、自分の心もあんなふうに白くまっさらにしたいと、そうして自分の役目とちゃんと向き合おうと、そう思ったんです」

ベルタは視線をローズに戻した。

「それで、ローズ殿下にお願いと言いますか……告白したいことがございます」

「告白？」

「はい……まずは謝らなければなりません」

ローズを見つめてベルタは言った。

＊＊＊＊

「こちらが、我々からご提供する一覧です」

イレネオはテーブルの上に置かれた紙を手に取った。

「ずいぶんと多いな」

「我々にとっても未来への投資ですからね」

「なるほどな」

「それからこちらは、ベルタ様へ」

小さな箱がテーブルに置かれた。

「領地で採れた、非常に珍しいスターサファイアでございます」

「……ありがとうございます」

ベルタは箱を手に取った。中には丸くカットされた青い石が入っている。その石の中央から放射状に六本の白い線が走っていて、名前のとおり星が輝いているように見えた。

「もっと嬉しそうな顔をしろ」

表情のない顔でじっと宝石を見つめるベルタにイレネオはため息をつくと侯爵を見た。

「悪いな、つまらない女で」

「いえいえ。お美しい婚約者様ですね。きっとこのサファイアがお似合いになるでしょうな」

「これは顔だけが取り柄だからな。だが美人と言えばこの国の皇太子妃や皇女のほうが上だろう」

「いや、あの方々は……確かに見た目はお美しいのですが、皇太子妃は恐ろしい方ですし、皇女も剣を振り回すような方なので」

「そうか？　強い女は好きだぞ」

イレネオはにやりと笑った。

「しかし、皇太子たちに裏取引について調べさせるよう促してよかったのか」

「問題ございません。第二王子に接触しようとアルディーニ王国へ向かった商人もいるのは事実ですから。それに万が一を考えて、商人たちとこちらの関係は証明できないよう工作済みです。殿下と商人も無関係、我々のことは誰にも知られません」

「仲間を犠牲《ぎせい》にするか。悪いやつだな侯爵は」

「これも商売のやり方の一つです」

カンターベリー侯爵は笑みを浮かべてそう答えた。

「その一覧にないもので、他に欲しいものがあればお申し付けください」

「どんなものでも手に入れることができるのか？」

「この帝国にあるものでしたら」

「そうか。一つあるのだが」

「なんでございましょう」

「ローズ皇女をアルディーニへ連れて帰りたい」

「皇女を……？」

侯爵は目を見開いた。

「ああ、王太子妃として迎えようと思っている」

「で、ですが……」

侯爵はベルタへと視線を送った。

「これは妃になることを望んでいない。私としてもともに剣を携《たずさ》え、戦える者のほうがいい」

ベルタを横目で見てイレネオは言った。

「は……ですが、皇女には婚約者がいます。しかも相手はエインズワース家で……」

「将軍の息子だったたな。だが見たところ身体も細いし、大したことはなさそうだ」

「……さようでございますか。しかし……さすがにそれは難しいかと」

「ならば皇女と接触する機会を設《もう》けてくれ。私を避けるためだろうが、彼女は今、皇宮から離れているからな」

口ごもる侯爵に向かってイレネオはそう告げた。

「本当に、ローズ殿下を妃になさるのですか」

カンターベリー侯爵との密会を終えて馬車に乗り込むとベルタは口を開いた。

「なんだ、妃の座を失うのが惜しくなったか」

「そういうわけでは……」

「お前は剣を持てないだろう。いざというときに足手まといだからな」

「……本気で王妃様方に戦いを仕掛けるのですか」

「先に向こうが私を暗殺しようとしてきたのだ、受けて立つしかない。侯爵から得た資金や武器があれば、あいつらの息の根を止めることは可能だ」

ベルタを横目で見ながらイレネオはそう答えた。

＊＊＊＊＊

「ローズ……その腰にあるのは本物か？」

アランの視線の先には、小花柄のドレスに不釣り合いな金の短剣があった。

「ええそうよ、ほら」

スラリと抜くと、ローズは光る刃をアランの前にかざす。

「元々首からかけて隠し持つ用だったものを、チェーンを変えてアクセサリーにしてもらったのよ」

「アクセサリー……？　ドレスに短剣なんか合わせるのか？」

「今日は夜会ではないから大丈夫でしょう？　ルイスだって下げているわ」

「ルイスは騎士だからいいだろ」

同じように短剣を下げたルイスを指したローズに、アランはあきれたように言った。

「ルイス、お前も止めろよ」

「止める必要はないだろう。自衛のためだし、牽制《けんせい》にもなる」

「それはそうだが……しかしドレスに剣はおかしいだろ」

「頭が固いやつだな」

「そういうところは宰相に似ているのね」

「は？　俺がおかしいのか？」

ルイスとローズの言葉に、アランは思わず声を上げた。

「これは皆様、ようこそお越しくださいました」

三人の元へカンターベリー侯爵がやって来た。

「侯爵。本日はお招きありがとうございます」

「この季節には珍しい、暖かな日和《ひより》で何よりですな」

侯爵の視線がローズの腰元で止まるとその顔がわずかにこわばった。

「……さすが剣姫様ですね、そのようなものを身に着けるとは」

「ええ、以前チャリティーで見つけて気に入りましたの。アクセサリーにぴったりだと思って」

「そうでしたか。では本日もいい品が見つかることを願っております」

頭を下げると、カンターベリー侯爵はその場を離れていった。

「何が暖かな日和《ひより》でよかっただ。大雪だったらどうするつもりだったんだ」

侯爵の後ろ姿に向かってアランはつぶやいた。

今日はカンターベリー侯爵主催で、各商会自慢の品を並べた展示会が開かれている。アルディーニ王国の使者たちに自国の品を売り込みたい商会からの要望で急遽《きゅうきょ》開かれたのだ。個別の売り込みは禁止しているが、合同で開き、また皇宮の監視付きならばいいだろうと皇帝も許可した。そのため展示品は事前に精査されている。

この展示会に招待されたローズは護衛を兼ねたルイスとアランの三人でやってきた。

「しかし、こうやって各商会の品を一堂に並べる試《こころ》みは悪くないんだよな」

会場を見回してアランは言った。

普通、貴族は商品を買うときは懇意《こんい》にしている商会を屋敷に呼ぶ。自ら店に赴《おもむ》く場合もあるが、貴族向けの商品を扱う店に入るには店からの招待状か、取引している貴族からの紹介状が必要なため、縁のない商会の品を見られる機会は少ない。

今回の展示会には帝国の貴族たちも参加している。この展示会を開くことで新たな商会と貴族の結びつきを得て、経済の活性化につながるかもしれない。そう考えた宰相が調査も兼ねて息子のアランを行かせたのだ。実際、会場は多くの貴族たちでにぎわい、あちこちで商人たちによる宣伝が行われていた。

「武器はないのかしら」

「あるわけないだろ」

獲物を狙うように見回すローズにアランはすかさず答えた。

「今日のメイン客はアルディーニ王国の使節だ。他国に武器を売り込むことは禁止されている」

「そうだけど……」

「武器じゃなくてもローズが気に入ったものがあるだろう」

ルイスはローズの手を取る。

「一通り見ていくか」

「ええ」

(向こうはまだ来ていないようだな)

集まった客の顔触れを確認すると、アランは歩き出したローズたちのあとを追った。


「これはローズ殿下」

ローズに気づいたラーズ商会長が深く頭を下げた。

「こんにちは。あら、新作?」

並べられた剣型のブローチにローズは目を留めた。自分が持っているものの色違いや、デザインが異なるものもある。

「はい。先日店にいらしたあと、お二人がブローチを着けて街を歩かれたおかげで、市民の方々から問い合わせが殺到いたしまして。剣姫様にあやかろうと、騎士志望の方や騎士への贈り物に人気なのです」

「まあ」

「こちらの宝石入りは、貴族の方々から先日の夜会で見たものと似たものが欲しいとの要望がございまして何点か試作いたしました」

「……お前、すごいな」

「え？」

アランの言葉にローズは首をかしげた。

「ローズが身に着けていたものが貴族平民問わず人気になっているってことだろ。まあ実際、ローズが来てから皇家の評判はよくなったしな」

「そうなの？」

「今まで皇家は近寄りがたかったからな。陛下とスチュアートは外面が厳格だし、ルチアーナも怖い。その点ローズは可愛いし、自ら市民を守る剣姫様と慕われている」

「……あのうわさは誤解だから」

「子供を守ったのは事実だろ？　あることないこと含めてうわさが広まるのも人気の証だ」

「はい、ローズ殿下の人気は市民の間でとても高く、薔薇をモチーフにした商品も増えました」

話を聞いていたラーズ商会長が笑顔でそう言った。

「やあ、ローズ嬢」

色々と展示を見回っているとイレネオの声が聞こえた。

「王太子殿下、ベルタ様。ごきげんよう」

ローズはドレスをつまんで二人に挨拶をした。

「最近は皇宮にいないようだな」

「はい、結婚準備がありまして。冬は公務が少ないので今のうちに済ませておこうと」

ローズはルイスと視線を合わせた。

「今日も、部屋に飾るものがあればと思って来ました。殿下は何か気になるものがございましたか？」

「そうだな、ここの宝飾品や工芸品はどれも見事だ」

イレネオは周囲を見回した。

「ベイツ帝国は鉱山資源が豊富ですから。それに冬は雪が積もる地域も多く、室内でできる工芸製作が盛んになり特産品となったそうです」

「なるほどな。ではその特産品を母上の土産《みやげ》にでもするか」

「それはきっと喜ぶと思います」

ローズはほほ笑んだ。

「ではローズ嬢が選んでくれるか？」

「……私ですか？」

「私にはアクセサリーのことは分からないからな」

「ベルタ様に選んでいただいたほうが……」

ローズはイレネオの後ろに控えるように立つベルタへ視線を送った。

「これは宝石には興味がないらしい。それに君のほうがこの国の工芸品について詳しいだろう？」

そう言って、イレネオはルイスを見た。

「ローズ嬢を借りる」

明らかに不服の色がその顔に浮かんでいるルイスに、にやりとした笑みを浮かべたイレネオは、ローズの肩へ手をかけた。

「それじゃあ行こうか」

「――あの手を切り落としてやる」

「お前は絶対手を出すなよ」

射殺しそうなまなざしでイレネオの背中をにらむルイスを横目で見てアランは言った。他国の王太子に騎士が手をかけたとなれば大問題だ。

「ご迷惑をおかけしてしまい、申し訳ございません」

ベルタは二人に頭を下げた。

「ああ、いえ。大丈夫です。こいつが嫉妬深いだけで」

ルイスの肩を叩いてアランは言った。

「じゃあ我々も動きますか。例のものは持ち出せましたか」

「はい、こちらに」

ベルタは答えて身を翻《ひるがえ》した。

「どれも興味深かったな」

一通り見回り会場の外へと出ると、イレネオはローズの腰元へ視線を落とした。

「ところでその短剣は本物なのか」

「はい。護身用の武器にもなります」

短剣に手をかけてローズは答えた。

「帝国ではそのようなものまで作っているのか」

「いえ、これは元々旅の守りとして作られたものを、装飾が気に入ったのでドレスにも合うようチェーンを付け直してもらいました」

「そうか。さすが剣姫だな」

「ありがとうございます。それで、気に入ったものはございましたか」

「そうだな。やはり宝飾品のことは分からないが」

イレネオは自分を見上げるローズの手を取った。

「一番気に入ったのはローズ嬢、君だ」

「……それは、ありがとうございます」

「この手といい、装飾品といい、君は剣を好むのだろう？　平穏で騎士など飾りのようなこの国にいるよりも、私の国に来れば君が存分に戦う場を与えられる」

「私は、戦いを好むわけではありません」

ローズはイレネオの手からするりと手を引き抜いた。ローズの剣は守るための剣だ。進んで戦いたいわけではない。カルロとのときのように一対一の勝負ならば、また戦ってみたいとは思うけれど。

「確かに剣は好きですが、使わないで済むのならばそれが一番だと思っています。まして王位継承争いで兄弟同士殺し合うような戦いに参加する気はありません」

ローズの言葉にイレネオは眉をひそめた。

「……なぜそのことを知っている」

「私がお教えいたしました」

ベルタの声が聞こえた。

振り向くとベルタとアラン、そして腕を後ろ手に縛られたカンターベリー侯爵をつかんだルイスが立っていた。

「おいっ、これはなんの真似だ」

「カンターベリー侯爵。こんなものを手に入れましたよ」

痛みに顔をしかめながらも声を上げる侯爵に向けて、アランはひらひらと振りながら一枚の紙を掲げる。

「これは貴方が用意した、アルディーニ王太子殿下への贈呈品一覧ですね。カンターベリー領で採れた鉄や銅、それらを加工した武器に金塊まで。国を通さない個人的な贈与は禁止されているし、特に武器やその材料を贈ることは全ての国に対して禁止しています。明らかに違法行為ですね」

「なぜそれを……」

「私がお渡しいたしました」

ベルタが言った。

「こちらの取引を隠すために、わざと第二王子のことを告げたこともローズ殿下に明かしました」

「お前……」

イレネオはベルタをにらみつけた。

「カンターベリー侯爵。今、貴方の屋敷に調査が入っています」

紙をたたみながらアランが告げた。

「アルディーニ王国との取引については、貴方の子息からも既に告発を受けています」

「……ニコラスが？」

「夫人も全面協力してくれていましてね、アルディーニ王国の件だけでなく、これまで多くの違法賭博や裏取引に関わっているとの証言を得ています」

「……なぜあいつらが……」

「それがまともな貴族がすることですよ。皇帝に忠誠を誓い、帝国の役に立つためにね」

「まともだと？　その結果、お前たち一部の貴族だけが私腹を肥やしているだろうが！」

カンターベリー侯爵はアランとルイスをにらんだ。帝国ではエインズワース家、そして世襲のように宰相を輩出《はいしゅつ》しているカークランド家の権力や財力が抜きん出ているのだ。

「その分俺たちは、帝国を守る責任を他の貴族よりも負っているんですよ。うちの財産だっていざというときには帝国のために使うものだ。それはエインズワース家も同じです」

アランは冷めた目で侯爵を見ると、その視線をイレネオへと移した。

「侯爵の考えた、この展示会のアイデアはよかったのに。その根本の目的が他国の王太子のためとは残念です」

こちらへ向かってくる足音が聞こえて、見ると数人の騎士が駆け寄ってきた。

「侯爵を連れていけ」

「皇宮で聴取を受けていただきます」

ルイスから騎士たちへ引き渡された侯爵にアランが告げる。

「おのれ……！」

侯爵は騎士に引きずられるように運ばれていった。

「……ベルタ」

イレネオはベルタへ歩み寄った。

「私を裏切るのか」

「他国の方々を巻き込むようなことはおやめください」

「あの男も利益になるのだからいいだろう」

「殿下に罪を犯してほしくないのです」

「ふん、お前は私が第二王子側に負ければいいと思っているのだろう？　そうすれば婚約はなしになり、あの男と結ばれることができるからな！」

「そのようなことは思っておりませんし、彼とは何もありません」

声を荒らげたイレネオをベルタは真っすぐに見上げた。

「王太子殿下には、未来の国王として正しい道を進んでいただきたいのです」

「役に立たないくせに余計なことをしやがって！」

イレネオは手を振り上げた。その手がベルタへ向かって落ちようとする直前、硬く冷たいものがイレネオの動きを止めた。

「女性に手を上げるなんて、最低ですね」

短剣の鞘でイレネオの手を止めてローズは言った。

「ベルタ様は殿下のためを思って行動してくださったのに」

「……私のためならば黙って何もしないでいることだ」

「間違った道を進もうとしていても？」

「間違ってなどいない」

言うなりイレネオは腕を回すとローズの短剣を奪い取った。カシャンと音を立てて外れたチェーンが床に落ちる。

「私を王太子の座から引きずり降ろしたい王妃が暗殺を試《こころ》みた。その報復をすることの何が悪い」

「過ちを犯した王妃様と同じ道に進むことが間違いなのです」

ベルタは言った。

「そんなことをなさらずとも、王となるのは殿下です。ですから……」

「甘いことを言っていたら王になどなれぬ。戦いを挑まれたならば受けて立ち、先に殺す。それが弟や王妃であってもだ」

「肉親を殺して得た王位など、民からの信認を得られません。それに貴族たちの対立も深まります」

「それを力で抑えるのが強い王だ」

「強さだけではよき王になれません」

「うるさい！　口だけの女が！」

イレネオは素早く鞘から短剣を抜き取った。ルイスが駆け寄りベルタの腕を引く。ローズは落ちた鞘を拾うとベルタたちへ向かおうとするイレネオの背中へ投げつけた。

「邪魔するな！」

振り返るとイレネオは振り上げた短剣をローズへ向かって突き刺した。

「きゃあ！」

ベルタが悲鳴を上げた。

トンッ、とローズは跳ねるように飛び退《の》くと、着地と同時に足を踏み込んだ。一瞬で間合いを詰めイレネオの目の前に銀色の刃を突きつける。イレネオはそれを乱暴に弾いた。

「……さすが剣姫だな」

いつの間にかダガーを握りしめていたローズにイレネオはにやりと笑ったが、すぐに真顔になるとローズに斬りかかった。

「止めないと……！」

「大丈夫だ、心配いらない」

声を上げたアランと、真っ青な顔で硬直しているベルタを見てルイスは言った。

「ちょこまかと……！」

ひらひらと舞うように飛び回りながら全ての攻撃を避《よ》けるローズを、それでも壁際へ追い詰め、イレネオは大きく振りかぶる。

「終わりだ！」

振り下ろした刃先が何もない空間を裂き、壁に当たった。

「動かないで」

背後に回り込んだローズの瞳と同じ色に光るダガーの剣先が、イレネオの首元を狙っていた。

「このような場所で剣を振り回すなんて、王太子殿下はずいぶんと短絡的なようですね」

「ばかな……いつの間に」

「その剣を捨ててください」

イレネオの側へ立ったルイスが腰の剣に手をかけた。

小さくため息をつくとイレネオは短剣を落とした。足元に落ちたそれをルイスがアランのほうへ蹴る。アランは短剣を拾い上げた。

「ベルタ様の気持ちを理解してあげてください」

剣先をイレネオに向けたままローズは言った。

「愛想も力もない、足手まといな女の気持ちなど知るか」

「ベルタ様は、ご自身を変え、殿下を支える覚悟をなさいました」

エインズワース家に訪ねてきたとき、ベルタはローズに言った。

今まで自分は妃などに向いていないから、逃げたいと思っていた。けれどその結果、こうしてベイツ帝国やローズに迷惑をかけてしまった。「これからは、逃げることなく自分の責務を果たしていきます」ベルタは謝罪とともにそう言ったのだ。

「……私には剣で戦う力はありませんが、妃として、王太子殿下をお支えいたします」

ベルタはイレネオへと歩み寄った。

「……お前には恋人がいるだろう」

「何度も申し上げていますが、彼とはそういう仲ではございません」

イレネオを見つめてベルタは言った。

「彼は私を支えてくれただけです。私に忠誠の誓いも立ててくれました。彼や、国民のためにも、私はよき妃になりたいと、そう思います」

「……よき妃か」

「はい。私は……ずっとこの立場から逃げたいと思っていましたが、覚悟を決めました」

イレネオのまなざしが和《やわ》らいだのを見て、ローズはダガーを下ろした。

「王妃はまた私を暗殺しようとするかもしれない。巻き込まれても知らぬぞ」

「承知しています」

イレネオにそう答えて、ベルタはローズたちを見回した。

「ご迷惑をおかけいたしました。カンターベリー侯爵とのやり取りについてはお話ししたことが全てですが、他に聞きたいことがあればなんでもお聞きください」

「ああ、それはもう大丈夫だと思います。あとはこちらの問題なので。ご協力ありがとうございました」

「こちらこそ、ありがとうございました」

アランが答えるとベルタは頭を下げた。


「王太子は本気じゃなかったな」

立ち去るイレネオとベルタの後ろ姿を見送りながらルイスがつぶやいた。

「ええ。……多分だけど、王太子殿下はベルタ様を王位継承争いに巻き込みたくなかったんじゃないかしら」

王太子を暗殺しようとするほど、王位継承争いは激しいものだった。そんな争いから、物静かで自分は妃には向いていないと思っていたベルタをイレネオは遠ざけようとしていたのでは。イレネオと剣を交わしてローズはそう感じた。

「でもベルタ様が覚悟を決めたから。二人が心を通わせ合えば、王位継承争いの問題もきっとうまく解決できると思うの」

「そうだな。……ところでローズ。そのダガーはどこに隠していたんだ？」

アランはローズの手元を見た。

「ドレスに隠しポケットがあるのよ」

そう答えてローズはダガーをスカートのドレープの間にすっと入れる。

「ほら、分からないでしょう？　外出用のドレスには全てダガーを隠すポケットを付けているの。ルチアーナ姉様たちには内緒よ」

「……バレるのも時間の問題な気がするけど」

「このダガーは私の大切な相棒だもの。常に持ち歩きたいわ」

「まったく……お前ってホント、『剣姫』だよな」

満面の笑みを浮かべるローズに、アランはあきれたようにため息をついた。

エピローグ

「やっと終わったわ……」

ローズは力尽きたようにソファに座り込んだ。

「大丈夫か、ローズ」

そばに立った、夫となったばかりのルイスを見上げると気遣うように頬をなでられた。

「……ルイスは元気そうね。あのローブ、重くなかったの？」

去年のお披露目式《ひろめ》で着たものよりもずっと裾が長くて一人では歩けない、白い毛皮がついた真紅のローブ。さっきまで肩にかかっていたその重さを思い出してローズは息を吐いた。

「動きにくかったが、鎧よりはマシだ」

「……ああ、そうなのね……」

胸元に勲章《くんしょう》を飾りつけた、皇族のみが許される白い軍服を身に着けたルイスは疲れた様子もなく、その顔には笑みを浮かべている。

ローズは純白のドレスを着ていた。キラキラと輝いているように見えるその生地には、白いビーズ刺繍が施されている。去年のお披露目《ひろめ》でも使用した薔薇を模《も》したティアラとイヤリング。首元を飾るネックレスは純金の台座にダイヤモンドがちりばめられていた。

二人は結婚式を終え、控え室に戻ってきたばかりだった。

「緊張したか」

「もちろんよ。ルイスは？」

「始まる前は多少していたが、ローズの姿が美しすぎて全部吹き飛んだよ」

ルイスの言葉にローズの頬がさっと赤く染まる。そのそばへ腰を下ろすと、ルイスはローズの肩に手を回し赤く染まった頬に口づけを落とした。

「やっとだ。この一年……長かった」

腕の中にローズを閉じ込めるように腕を回す。

「さっさと終わらせて君を家に連れて帰りたいのに、まだ始まったばかりとはな」

「……そうね」

これからの予定を思い出し、ローズはしばしの休息を求めるように夫に身体を預けた。

二人の結婚式は二日にわたって行われる。今日は皇位継承権第三位のルイスと、皇女ローズという皇族としての立場で行われる皇家主催の結婚式と、国賓《こくひん》を招いての披露宴。明日は帝国中の貴族を集め、エインズワース公爵家が仕切る夜会だ。

「一年……」

「え？」

ぽつりとつぶやいたローズの顔をルイスがのぞき込んだ。

「去年この国に戻ってきてから色々あったと思って。長くて、でもあっという間だったわ」

婚約者だったオルグレン王国の第二王子と弟によって国を追い出され、ベイツ帝国へと戻り、皇帝の養女となりいとこのルイスと婚約した。そうして結婚の準備や皇女としての公務を務め、ときには剣を振り回すこともあった。長くて短い一年だった。

「そうだな。よく頑張った」

頬をなでられて、少しくすぐったそうに目を細める。

「ルイスも忙しかったでしょう？」

結婚するならばこれまで疎《おろそ》かにしていた社交の場に出るように父親に厳命され、この一年、ルイスはローズとともに多くの夜会などに出るようになった。次期公爵として他の貴族たちと交流を深め仕事も分け与えられ、今までどおり騎士としての任務もこなしながら、その合間には皇宮にいるローズに会う時間も作り、ローズよりもはるかに忙しくしていたのだ。

「全てローズと結婚するためと思えば大したことはない」

そう言ってルイスはローズの頬にキスを落とした。

唇を離しても間近で見つめ合ったまま、しばし沈黙が続く。やがて再び顔を近づけると、ローズはその目を閉じた。

長い口づけのあと、唇を離すと潤《うる》んだ瞳がルイスを見上げた。

「晩餐会《ばんさんかい》など放り出して一刻でも早く連れて帰りたいな」

熱を帯びた瞳でローズを見つめ返す。

「……もう少しだから」

「その少しが長いんだ」

ルイスは触れたばかりの唇を指先でそっとなぞった。

「やっとここまで来たのに、またローズが欲しいと言い出すやつが出てきたら面倒だ」

「気にしすぎよ、ルイスは」

今日までの間に色々なことが起きた。違法賭博を潰したり、ストラーニ国王からの求婚を決闘で退《しりぞ》けたり、アルディーニ王国の王位継承争いにまつわる裏取引に巻き込まれたり。

その度《たび》にローズの「剣姫」としての評判が広がり、そのうわさの姫を一目見たいと今宵《こよい》の晩餐会《ばんさんかい》の客も当初想定していたより増えてしまったのだ。またこの場でローズを初めて見た者が彼女に惚れ、欲しいと言い出すかもしれない。

（本当に、キリがない）

ルイスはため息をついた。

「誰が何を言ってきても、私はルイスだけよ」

ローズはルイスの手を握ると、自分へと引き寄せた。

「私は、夫となるルイスとともに生き、生涯変わらず愛することを誓うわ」

結婚式で誓い交わした言葉をもう一度ローズは夫に伝えた。

「……俺も誓う。ただローズだけを愛すると」

ルイスは妻へ軽く口づけるとその身体を抱きしめた。


披露宴で着用するのは背中が大きく開いたイブニングドレスだ。

水色のドレス全体に青や紫色の薔薇の刺繍が施され、胸元から腰にかけて、そして裾にもオーガンジーやレースで作られた薔薇が飾りつけられている。

明日の公爵家が主催する夜会は母親の形見であるルビーのネックレスに合わせて薄紅色のドレスを着用するため、今日は青系のドレスがいいとルチアーナたちと相談して決めたのだ。昼とは異なるパールを組み合わせたティアラに大ぶりのパールのイヤリングを着け、まとめた髪にもパールをちりばめている。

「まあ……素敵よローズ」

「本当に。想像以上だわ」

深紅の口紅を引き、清楚《せいそ》で大人びた雰囲気の仕上がりに、様子を見に来たルチアーナが満足げにうなずく。その隣でアメリアがうっとりとしていた。

ローズたちが大広間に入場すると大勢の拍手が出迎えた。

玉座のある奥へと向かい、黒のテールコートに青い大綬《だいじゅ》をかけ隣に立つルイスとともに、ローズは来賓《らいひん》たちからの挨拶を受けた。

「おめでとう、ローゼリア嬢。いや、今はローズ嬢だったか」

「ありがとうございます、王太子殿下」

久しぶりに会う、オルグレン王国の王太子リチャードにローズは笑顔で挨拶をした。

「ルイス殿には初めてお目にかかります」

「初めまして。ローズのことでは色々と御尽力いただき、ありがとうございました」

ルイスと挨拶を交わすとリチャードは隣に立つ青年を示した。

「彼は今回、ランブロワ侯爵の代理として同行したマーディン・ランブロワです」

「初めましてルイス様。ローゼリア、結婚おめでとう」

「ありがとう。久しぶりねマーディン。……少し痩せたかしら」

前はもう少しふっくらした顔つきだったはずなのに。目の前の青年は記憶にあるよりも精悍《せいかん》になったように見えた。

「そうかな。思いがけないことで忙しかったからかもね」

「ごめんなさいね色々と」

「大丈夫、もう落ち着いてきたから」

マーディンはランブロワ侯爵家の親戚筋にあたり、普段は領地にいてローズとは社交の場でたまに会う程度だったが、次期侯爵として半年前にランブロワ家に養子に入ったのだ。思いも寄らず侯爵家の後継となり苦労も多いはずだが、元から穏やかな性質の青年は笑顔で答えた。

「ところでギルバートは？」

「愚弟共々国境から戻ってきてはいないよ。途中で離脱したら即除籍すると言っておいたからね、まだ粘っているようだ」

ローズの問いにリチャードはそう答えた。

「そうだローズ嬢。聞きたいかい？　愚弟と一緒にいた令嬢のそのあとは」

「え？　ああ……」

「その顔だともう忘れていたようだね」

一瞬きょとんとした顔を見せたローズに苦笑する。

「男爵は王族に対する教唆《きょうさ》の罪で廃爵し娘共々王都から追放した。今は田舎《いなか》の農村で働いているよ。君がもっと罰を望むならば……」

「いいえ、もう終わったことですから」

ローズは首を横に振った。

リチャードたちの次に現れたのは、頭にターバンを巻き、丈の長いワンピースのような民族衣装に身を包んだカルロ・ストラーニだった。

「おめでとう、ローズ嬢。綺麗だね」

「ありがとうございます。陛下もとても素敵ですわ」

「以前よりもさらに美しくなった。充実しているようだね」

「ええ、とても幸せです」

自分を見上げるローズの笑顔に、カルロはまぶしそうに目を細めた。

「そういえば剣姫のうわさを聞いたよ」

「うわさ？」

「君は国内の悪事を暴いて回っているそうだね」

「……それは、誤解といいますか……」

ストラーニまでそんな話が伝わっているのかと、ローズは顔を赤らめる。

「だが全て嘘ではないのだろう？　本当に君は魅力的な女性だね」

そんなローズの様子にカルロはさらに笑みを深めた。

民の間では自ら街を守るために戦う剣姫だという誇張されたうわさが広まっていたが、貴族や他国にまで広がったのはニコラス・カンターベリーのせいだ。

ローズに心酔しているらしいニコラスは、自身が父親の犯罪を告発したのは、自分がローズにとって恥ずかしくない人間になりたいからだったと言いふらしているのだ。それが貴族たちの間で、ローズがカンターベリー侯爵の悪事を暴いたことになってしまい、またニコラスもそれを否定していないのだという。

侯爵はシャルル商会の違法賭博など、数多くの裏取引に関わっていた事実が明らかになり、裁判の結果投獄された。カンターベリー家は廃爵されてもおかしくはなかったが、身内から告発したことが認められ、領地を一部没収した上で伯爵位に降格し、ニコラスが爵位を継ぐこととなった。

侯爵が関わっていた違法取引のうち、アルディーニ王国との件はなかったこととされた。王位継承権争いに関わる極めてデリケートな問題であり、帝国はそれに関与していないことにするほうが、双方にとって得策だとイレネオとの間で取り決めたからだ。

イレネオたちは今日の結婚式には来ていないが、祝いの品々が届いた。添えられたベルタからの手紙には、王妃派との争いは血を流すことなく終わりそうなことと、彼らの結婚式には来てほしいということが書かれていた。二人の仲は以前よりよくなっているという。


「まだあの国王は諦めていないようだな」

一通り挨拶を終えるとダンスタイムになる。

ファーストダンスを踊るためにルイスとローズ、二人きりで広間の中央に立つ。演奏に合わせて踊り始めるとルイスが口を開いた。

「え？」

「ストラーニ国王だ。ローズを見て鼻の下を伸ばしていただろう。確かに今日のローズはいつにも増して美しいが、人の花嫁をあんな目で見るとは不快だな」

「もう……」

嫉妬心を隠さないルイスにローズは困ったようにほほ笑んだ。

「ところで、オルグレンでの処分の件は本当によかったのか」

「今の私には関わりのない人たちだもの」

ローズはルイスを見上げてそう答えた。

「しかし……」

「本当に、もうあの人たちのことはいいの。だって私はとても幸せだから」

彼らの行いは許されざることだ。けれどあの事件があったからローズはここにいられるのだ。

「そうか。幸せか」

「ええ。ルイスと結婚してこの国で暮らせる、これ以上の幸せはないわ。だから昔のことやあの人たちは忘れるの」

「じゃあもう二度と向こうでのことを思い出さないように、この先もずっとローズが幸せであり続けるよう、君を守るよ」

ルイスはローズの腰に回した手に力を込めてその身体を引き寄せた。

「ありがとう。でも、私も自分やルイスの幸せは自分で守るわ」

花がほころぶようにローズはほほ笑んだ。大切な人たちやこの国の人々、自分を大切にしてくれる人たちをローズも大切にしたいし自分の力で守りたい。それだけの力がローズにはあるのだから。

「そうか。そうだな、二人で守ろう」

「ええ」

ルイスがローズの腰をつかんでその身体を高く持ち上げ、大きく回ると周囲から歓声が上がる。

薔薇が花開いたように華やかな二人の踊る姿に、感嘆のため息と歓声が広間に満ちていった。

この作品に対する皆様のご意見・ご感想をお待ちしております。

おハガキ・お手紙は以下の宛先にお送りください。

【宛先】

〒150-6019 東京都渋谷区恵比寿 4-20-3 恵比寿ガーデンプレイスタワー 19F
（株）アルファポリス　書籍感想係

メールフォームでのご意見・ご感想は右のＱＲコードから、
あるいは以下のワードで検索をかけてください。

アルファポリス　書籍の感想　検索

ご感想はこちらから

本書は、「アルファポリス」(https://www.alphapolis.co.jp/) に掲載されていたものを、
改題、改稿、加筆のうえ、書籍化したものです。

捨《す》てられ令嬢《れいじょう》、皇女《こうじょ》に成《な》り上《あ》がる
追放《ついほう》された薔薇《ばら》は隣国《りんごく》で深《ふか》く愛《あい》される

冬野月子（ふゆの つきこ）

2024年 7月 5日初版発行

編集－反田理美・森 順子
編集長－倉持真理
発行者－梶本雄介
発行所－株式会社アルファポリス
〒150-6019 東京都渋谷区恵比寿4-20-3 恵比寿ガーデンプレイスタワー19F
TEL 03-6277-1601（営業） 03-6277-1602（編集）
URL https://www.alphapolis.co.jp/
発売元－株式会社星雲社（共同出版社・流通責任出版社）
〒112-0005 東京都文京区水道1-3-30
TEL 03-3868-3275
装丁・登場人物紹介イラスト－壱子みるく亭／挿絵－黒檀帛
装丁デザイン－AFTERGLOW
（レーベルフォーマットデザイン－ansyyqdesign）
印刷－中央精版印刷株式会社

価格はカバーに表示されてあります。

落丁乱丁の場合はアルファポリスまでご連絡ください。

送料は小社負担でお取り替えします。


ISBN978-4-434-33782-6 C0093